Rendez-vous sous la neige

MARCELLA BELL

Rendez-vous sous la neige

Traduction française de
SYLVIE CALMELS-ROUFFET

AZUR
HARLEQUIN

Collection : Azur

Titre original :
SNOWBOUND IN HER BOSS'S BED

HARPERCOLLINS FRANCE
83-85, boulevard Vincent-Auriol, 75646 PARIS CEDEX 13
Service Lectrices — Tél. : 01 45 82 47 47 - www.harlequin.fr
ISBN 978-2-2804-9174-7 — ISSN 0993-4448

Composé et édité par HarperCollins France.
Imprimé en novembre 2023 par CPI Black Print (Barcelone)
en utilisant 100% d'électricité renouvelable.
Dépôt légal : décembre 2023.

FSC www.fsc.org
MIXTE
Papier issu de sources responsables
FSC® C159065

Pour limiter l'empreinte environnementale de ses livres, HarperCollins France s'engage à n'utiliser que du papier fabriqué à partir de bois provenant de forêts gérées durablement et de manière responsable.

1

La tête penchée vers le hublot, Miriam Howard prit une lente et profonde inspiration en découvrant l'immense propriété recouverte de neige. Son étendue formait un contraste saisissant avec la forêt qui s'étirait tout autour jusqu'à l'infini.

Miri était impressionnée – elle n'avait jamais vu de résidence aussi vaste, ni autant de neige – et déconcertée. Elle s'était imaginé atterrir sur un petit aéroport privé, semblable à celui de Los Angeles d'où elle avait décollé quelques heures plus tôt. Mais ce n'était pas un aéroport sur lequel le pilote s'apprêtait à la déposer. C'était une simple piste d'atterrissage en pleine montagne, dans ce qui devait être le fameux sanctuaire de Benjamin Silver.

Alors que le jet amorçait sa descente, elle réprima un frisson en dépit de la douce chaleur qui régnait dans la cabine luxueuse du jet de M. Silver.

Était-il possible d'avoir *autant* d'argent ?

Si elle en avait douté, Benjamin Silver avait fait son maximum ces dernières heures pour le lui prouver.

La veille, Miri n'avait en effet aucun projet de voyage à l'horizon – et certainement pas jusqu'à Aspen, en jet privé. À présent, elle s'apprêtait à atterrir dans les Rocheuses, sur un domaine – privé lui aussi – au cœur du terrain de jeu hivernal des ultra-riches. Tout cela sur ordre de M. Silver.

De toute évidence, ce dernier se fichait royalement qu'elle ait pu prévoir autre chose pour la journée, sans parler de sa soirée – sa première soirée de libre depuis son embauche, deux semaines plus tôt, comme responsable événementiel pour la fondation de la communauté juive de Los Angeles.

D'un autre côté, M. Silver n'était pas devenu milliardaire en organisant son emploi du temps en fonction des desiderata de ses subordonnés. Or c'était exactement ce qu'était Miri – sa subordonnée.

Benjamin Silver présidait en effet le conseil d'administration de la FCJ. C'était lui le grand patron. Celui qui avait le pouvoir de virer n'importe qui, à n'importe quel moment. Par conséquent, comme tout le reste du personnel, Miri était sous ses ordres pour coordonner et exécuter la principale mission de son nouveau job : organiser le gala de levée de fonds pour la fondation.

Alors, s'il lui demandait de faire un saut jusqu'à lui dans le Colorado, elle s'exécutait sur-le-champ. Pas seulement pour se faire bien voir du big boss, mais parce qu'elle avait besoin du moindre instant qu'il daignerait lui accorder pour valider le projet qu'elle avait en tête. Et, d'après leur entretien téléphonique éclair de la veille, Miri avait la nette impression que le temps de son patron était plus précieux que le sien et qu'il n'avait pas l'intention de perdre une seconde de trop avec elle. D'où son arrivée imminente dans sa forteresse de montagne.

Parler de forteresse pour une résidence privée aurait pu paraître exagéré mais, dans le cas présent, le terme était en dessous de la vérité. Il aurait fallu l'accompagner d'un qualificatif. Forteresse *monumentale*, peut-être ? Ou bien *démesurée* ?

Le bâtiment était assez vaste pour abriter un hôtel de luxe.

Comment était-il possible d'en faire une résidence personnelle ?

Miri ne pouvait imaginer une famille, même nombreuse et richissime, vivre dans un espace aussi gigantesque.

Elle-même avait vécu avec ses parents et ses quatre frères et sœurs dans une maison comportant seulement trois chambres et un garage aménagé. Et, depuis qu'elle avait quitté le toit familial, elle vivait seule dans un appartement de poche. La cuisine et la salle de bains étaient microscopiques et la chambre trop petite pour accueillir autre chose qu'un lit simple. Mais cela lui suffisait.

Et s'il n'y avait que lui, seul au milieu de toute cette neige ?

Miri secoua la tête pour chasser l'image sinistre d'un homme solitaire, errant tel un fantôme entre les murs de son immense demeure.

Absurde. Benjamin Silver était certainement entouré de parents et d'amis.

Que ce soit au fin fond du Colorado ou dans la jungle bétonnée de Los Angeles, il fallait forcément le soutien de toute une famille pour naviguer dans un monde semé d'embûches et réussir à bâtir un empire dans le secteur des hautes technologies en partant de rien.

La réussite de Benjamin Silver était la preuve qu'il n'était pas seul.

Elle avait bien fait d'apporter une boîte de *soufganiyot*, ces beignets que l'on partage avec ses proches lors des célébrations de Hanouka. Elle s'était levée aux aurores pour les acheter dans la nouvelle pâtisserie branchée de Los Angeles, avant de se rendre à l'aéroport.

En temps normal, elle n'aurait pas pris cette peine pour une réunion de dernière minute avec un patron milliardaire. Mais, comme c'était le premier jour de la traditionnelle fête juive des lumières et que la réunion avec Benjamin Silver avait lieu dans sa résidence privée, l'attention n'était pas seulement appropriée, elle était judicieuse.

D'après ce qu'elle avait appris dans les bureaux de la fondation, le big boss n'était certainement pas du genre à se laisser attendrir par des gourmandises. Mais il y avait de fortes chances pour qu'il célèbre Hanouka en famille, et ces beignets pourraient faire bonne impression – au moins auprès de ses proches.

Bien sûr, il ne s'agissait pas d'un simple exercice pour briser la glace ou tenter de sympathiser avec qui que ce soit. En tout cas, pas dans l'immédiat.

Non. Dans l'immédiat, c'était son emploi qui était en jeu.

Un emploi indispensable pour qu'elle puisse payer son loyer. Un emploi qu'elle avait obtenu de justesse face à des candidats tous plus diplômés et expérimentés qu'elle. Un emploi qu'elle avait raflé en promettant quelque chose que ses concurrents avaient affirmé impossible à réaliser dans le temps imparti.

Elle avait assuré qu'elle était capable d'organiser le célèbre gala annuel de la FCJ d'ici deux mois, alors même qu'un scandale venait de réduire à néant tout le travail de préparation déjà réalisé.

La fondation l'avait prise au mot en la recrutant à une condition – qu'elle tienne parole et leur offre une réception telle que la communauté juive de Los Angeles oublierait les limogeages expéditifs de ses ex-directeur administratif et responsable événementiel après la découverte de leur liaison extraconjugale. Une liaison qui durait depuis des années, aux frais de la fondation par-dessus le marché.

Les membres de la communauté étaient encore sous le choc, et leur confiance dans la gestion de la fondation était au plus bas. Pour la restaurer, il fallait frapper les esprits, détourner l'attention du scandale. Et, pour ce faire, Miri avait promis d'organiser une soirée de collecte de fonds radicalement différente des précédentes. Une soirée inoubliable.

Mais, pour réussir, elle avait besoin du soutien sans limites de Benjamin Silver. Elle devait à tout prix lui imposer ses idées pour avoir une chance de conserver son job.

Malheureusement, ce n'était qu'hier qu'elle avait pu lui parler pour la première fois, après lui avoir envoyé des mails sans relâche et avoir tenté de le contacter par tous les moyens, jour après jour, depuis deux semaines, pour lui proposer une réunion en visioconférence. Et, le moins qu'on puisse dire, c'est qu'elle n'avait pas réussi à s'imposer lors de ce premier et bref échange téléphonique.

— Les visioconférences laissent des questions en suspens, sur lesquelles je n'ai pas le temps de revenir, avait décrété l'homme à l'autre bout du fil avec le genre de voix qui faisait fantasmer les femmes.

Une voix grave, parfaitement modulée, vibrante d'assurance et du pouvoir que confèrent les milliards.

Miri avait ravalé un soupir frustré.

Elle n'avait d'autre choix que de travailler avec lui mais, dans ces conditions, la collaboration s'annonçait compliquée. Il résidait dans le Colorado, tandis qu'elle travaillait au siège de la fondation à Los Angeles.

— Je peux vous consacrer deux heures, avait-il ajouté. Nous pourrons ainsi régler les principaux points une bonne fois pour toutes au lieu de perdre du temps à échanger des milliers de mails ou à organiser des visioconférences.

En clair, il la réprimandait pour les messages dont elle l'avait abreuvé et pour sa proposition de réunion en distanciel.

— Vous prendrez l'avion demain matin, avait-il enchaîné de sa voix de baryton. Vous aurez le rare privilège de bénéficier de toute mon attention pendant deux heures pour discuter de l'organisation de cette collecte de fonds. Ensuite, vous rentrerez à Los Angeles, et je ne veux plus entendre parler de vous d'ici la soirée de gala.

Miri avait froncé les sourcils.

Il exigeait qu'elle vienne le voir dans le Colorado dès le lendemain matin. Or, elle avait déjà un programme de travail surchargé pour la journée et elle avait prévu de retrouver ses amies en soirée pour célébrer le premier jour de Hanouka comme elles le faisaient chaque année. Elle n'imaginait pas rater cette soirée, ni même l'écourter pour cause de voyage impromptu. Sans parler du coût exorbitant d'un billet d'avion et d'une voiture de location réservés à la dernière minute – même si les frais passaient sur sa carte de crédit professionnelle.

Pourtant... Surmontant la crispation de ses mâchoires, elle avait répondu :

— Très bien, je réserve mon billet d'avion pour Aspen.

— Non, mademoiselle Howard. J'ai précisé que je n'avais que deux heures à vous consacrer demain matin. C'est le temps du trajet en voiture depuis l'aéroport d'Aspen jusque chez moi. Vous prendrez mon jet privé.

— Franchement, monsieur, ce n'est pas nécessaire.

Miri n'aimait déjà pas partager les trajets en taxi dans Los Angeles. Alors, l'idée d'être tributaire de l'avion d'un particulier pour traverser le pays lui convenait encore moins. Quand elle voyageait, elle s'organisait comme elle l'entendait et faisait ses propres réservations. Elle détestait se sentir redevable ou dépendante de qui que ce soit.

— Je vous ai dit que nous n'avions pas le temps.

L'irritation qui avait percé dans la voix de son patron n'avait fait qu'accentuer son vibrato sensuel.

Cela dit, il n'était pas le seul à être agacé.

— Je regrette, avait rétorqué Miri. Mais les crashs sont statistiquement plus nombreux avec des avions privés. Ma mort entraînerait un retard plus important que le temps de trajet entre Aspen et votre domicile.

Effarée, elle avait aussitôt plaqué une main sur sa bouche.

L'exaspération avait momentanément obscurci son discernement.

Elle allait se faire virer.

Donner l'impression d'être difficile ou insolente pourrait être fatal à une jeune femme de couleur, nouvellement nommée à un poste à responsabilité.

Mais, contre toute attente, Benjamin Silver avait éclaté de rire. Un rire chaud, délicieusement modulé – comme sa voix.

— Si c'est l'avion qui vous angoisse, je peux vous proposer l'hélicoptère, avait-il répliqué avec humour.

— Merci, mais je passe mon tour pour l'hélico, s'était-elle empressée de répondre, soulagée qu'il ait pris sa remarque sur le ton de la plaisanterie. C'est d'accord, je serai chez vous demain matin, avait-elle conclu pour éviter tout nouveau dérapage, qui aurait pu lui être fatal cette fois.

— Parfait. À demain, mademoiselle Howard. Promis, vous serez rentrée à Los Angeles avant la nuit pour fêter Hanouka en famille. Deux heures de réunion, pas plus.

Il avait raccroché, et Miri avait poussé un ouf de soulagement.

Elle aurait pu lui dire de ne pas s'inquiéter qu'elle soit de retour à temps pour célébrer Hanouka en famille car ce n'était pas près d'arriver – mais non. Son patron n'avait aucune raison de se soucier de sa vie personnelle. La seule chose qui l'intéressait, c'était de régler l'organisation du gala en deux heures. Ce qui exigeait un gros travail de préparation avant leur réunion.

Tant mieux. Une longue nuit devant l'ordinateur lui éviterait de penser qu'elle allait rencontrer l'un des hommes les plus riches de la planète. Ensuite, elle rentrerait chez elle, sa position au sein de la fondation serait renforcée, et elle en aurait fini avec M. Silver.

Mais la nuit était passée à la vitesse de l'éclair et, maintenant que l'avion atterrissait dans cet univers froid et enneigé, Miri se disait qu'elle avait peut-être été un peu rapide dans son argumentaire pour se rassurer.

2

— Vous n'avez rien trouvé de plus chaud qu'un cardigan pour venir ici en plein mois de décembre ? ne put s'empêcher de demander Benjamin.

L'exaspération n'était qu'une des nombreuses émotions que provoquait chez lui le simple fait de poser les yeux sur Miriam Howard. Mais c'était la plus simple et la moins dangereuse à exprimer.

De façon générale, il préférait aller droit au but. Alors, autant dire clairement ce qu'il pensait de son choix vestimentaire.

Il expira lentement, s'accordant un répit dans les efforts qu'il déployait pour ne pas dévorer des yeux la nouvelle recrue de la fondation, qui ne ressemblait en rien à la femme qu'il s'attendait à recevoir pour une réunion de travail.

Mlle Howard paraissait incroyablement jeune avec sa peau couleur cannelle, veloutée et si lumineuse malgré la morsure du froid.

Plus grande que la moyenne, elle était mince mais dotée de courbes délicieusement féminines…

Bon sang ! Sa réaction était totalement déplacée. Cette femme était sa subordonnée, et c'était leur première entrevue.

Pense à son cardigan au lieu de reluquer son corps, se sermonna-t-il mentalement.

Cela dit, Mlle Howard n'avait pas du tout l'allure sobre et discrète du cadre moyen, susceptible de rassurer les donateurs après le scandale sexuel qui avait secoué la FCJ. Elle était tout le contraire. Il n'avait jamais vu de femme aussi désirable. Même dans sa tenue de ville bon marché, elle dégageait une sensualité incroyable. À se demander si le comité de recrutement n'avait pas tout simplement décidé de jeter de l'huile sur le feu en lui confiant le poste de responsable événementiel.

Le cardigan, se répéta-t-il.

Mlle Howard avait beau être jeune, elle n'avait cependant rien d'une ingénue quand elle se décida enfin à desserrer les dents. L'agacement était perceptible dans les mots qui fusèrent entre ses lèvres pleines et délicatement ourlées.

— Je ne savais pas que la réunion aurait lieu en plein air.

Elle manquait peut-être d'expérience, mais elle avait du cran.

Sa riposte confirmait ce qu'il avait soupçonné lors de leur bref échange téléphonique de la veille.

Si la demoiselle avait autant de caractère que ce qu'elle manifestait dans ses reparties, elle réussirait peut-être à tenir les promesses téméraires qu'elle avait lancées pour décrocher le poste.

Son cardigan, en revanche, détonnait. Il reflétait un certain manque d'organisation. Or, l'organisation, c'était le job pour lequel Mlle Howard avait été recrutée en urgence.

— Nous sommes en décembre. Et nous sommes en montagne, répliqua Benjamin sans pitié, décidé à ne pas lui faire de cadeau.

Elle plissa les yeux. Des yeux magnifiques aux iris couleur topaze, bordés d'obsidienne noire.

— Désolée, j'ai oublié d'apporter mes skis.

Ses joues s'empourprèrent légèrement, soulignant ses pommettes satinées, et Benjamin sentit son sang s'accélérer dans ses veines. Une réaction sans doute provoquée par le plaisir qu'il éprouvait à l'asticoter.

Une part de lui-même voyait en elle une femme à séduire. Le reste, la part rationnelle, se souciait exclusivement de la réussite du gala pour renflouer les caisses de la fondation et restaurer la confiance au sein de la communauté juive de Los Angeles. Objectif totalement incompatible avec une quelconque attirance pour la nouvelle responsable de l'événementiel après ce qui s'était passé avec la précédente.

Benjamin se recentra sur la tenue vestimentaire de son interlocutrice. Un terrain inoffensif.

Le décolleté de son chemisier beige laissait entrevoir la dentelle d'un caraco de coton blanc. La stricte jupe noire soulignait sa taille fine. Les talons de ses escarpins noirs étaient fins eux aussi. Et, pour couronner le tout, elle portait ce cardigan ridiculement léger, de la même teinte que son chemisier.

Benjamin esquissa un sourire moqueur.

— Au besoin, j'ai des skis à vous prêter. En revanche, ce que je n'ai pas, c'est une parka pour femme.

— Je survivrai, répliqua Miri d'un ton aussi sec et glacial que l'air ambiant.

Benjamin faillit rire.

Son goût vestimentaire était discutable, mais elle était surprenante. Et audacieuse. Deux traits de caractère qui pourraient l'aider à faire son boulot – à condition qu'elle sache organiser le genre d'événements qui incitent les riches à ouvrir leurs portefeuilles.

C'était d'ailleurs pour y travailler sans perdre une

seconde qu'il était venu la chercher lui-même au pied de l'avion plutôt que d'envoyer quelqu'un. Il n'avait pas pris cette peine pour critiquer ses choix vestimentaires, mais pour la mettre au travail.

La voyant claquer des dents tandis qu'elle grimpait dans le 4x4, il mit le chauffage et lui glissa un regard en coin.

Décidément, Mlle Howard ne ressemblait en rien à celle qu'il s'était imaginée la veille au bout du fil. Son accent du Sud californien lui rappelait tellement celui des femmes de la banlieue dans laquelle il avait grandi qu'il lui avait donné leur visage et leur personnalité.

En réalité, il n'avait jamais croisé de femme semblable à sa passagère, avec son teint d'un brun chaud et velouté, sa beauté naturelle, son regard incroyable et sa détermination à ne pas se laisser intimider.

En ce moment, elle vibrait d'un curieux mélange d'indignation et de professionnalisme.

Quand il franchit l'entrée principale pour s'engager dans l'allée conduisant à sa demeure, il sourit en entendant son petit hoquet de stupeur.

Il était très fier de son refuge en pleine forêt. C'était en quelque sorte la concrétisation du travail acharné qu'il avait fourni durant toutes ces années pour survivre aux caprices du destin et continuer d'avancer.

Contournant le véhicule, il vint ouvrir la portière côté passager et offrit sa main à Mlle Howard.

Elle eut une seconde d'hésitation, puis y glissa sa paume froide et douce, et descendit, le regard rivé sur l'édifice qui se dressait sous ses yeux ébahis.

Bâti de pierres et d'énormes poutres en bois, l'immense chalet était en parfaite harmonie avec la beauté sauvage de la nature qui l'encerclait. Benjamin l'avait acheté sur un coup de cœur. Et il était heureux de voir Mlle Howard aussi impressionnée.

Il la conduisit à l'intérieur. Le hall débouchait sur une vaste pièce dont les baies vitrées du sol au plafond offraient une vue fantastique sur la forêt à perte de vue.

Pour compenser l'impression de lourdeur que donne parfois le bois – même dans les chalets les plus luxueux –, il avait fait appel à un architecte d'intérieur afin d'intégrer des murs en calcaire blanc dont la couleur naturelle rehaussait le charme rustique des larges poutres qui habillaient le plafond. Il avait aussi fait ajouter de nouvelles ouvertures, laissant entrer encore plus de lumière et de forêt dans les nombreuses pièces à travers lesquelles il précédait Mlle Howard.

Il s'abstint toutefois de lui faire faire le tour du propriétaire.

Même s'il appréciait les petits signes trahissant son émerveillement, il ne l'avait pas obligée à venir ici pour visiter les lieux, mais pour travailler.

Il la fit entrer dans son bureau.

Comparée au reste de la demeure, la pièce était étonnamment petite, mais c'était sa préférée. Située dans l'aile du chalet la plus isolée, elle communiquait avec sa chambre.

De sa table de travail, il dominait la forêt. Dans un angle, il y avait un coin salon et une cheminée.

L'espace limité créait une ambiance intime.

Ce bureau le ramenait à une version de lui-même jeune et sans le sou. Il lui rappelait qu'il avait réussi parce que c'était le rêve de ses parents. Et qu'il soit devenu l'un des hommes les plus puissants du monde ne changeait rien. Il savait d'où il venait et qui il était.

Mlle Howard n'y voyait probablement qu'une pièce

moins spectaculaire que les autres. Elle ne pouvait pas savoir que ce bureau, c'était *lui*. Et que ce qu'il y faisait avec son ordinateur avait plus de valeur que tout ce qui les entourait.

— Nous allons nous installer ici pour travailler. Asseyez-vous, dit-il en désignant une chaise sur sa gauche.

Mlle Howard opina et prit le siège indiqué. Elle sortit une boîte en métal bleu de son sac et la posa sur la table.

Son sac avait connu des jours meilleurs, nota Benjamin. Il était usé jusqu'à la corde, et les coutures s'effilochaient. Tout comme la tenue vestimentaire de sa propriétaire.

— Qu'y a-t-il dans cette boîte ? questionna-t-il en s'asseyant à côté d'elle.

— Oh ! fit-elle en jetant un coup d'œil sur l'objet en question comme si elle se souvenait soudain de son existence. Des *soufganiyot* de chez Grease Monkey. La nouvelle pâtisserie à la mode de Los Angeles.

Benjamin contempla Miri en silence.

Elle ne pouvait pas savoir qu'elle toucherait un point sensible en apportant des beignets de Hanouka. Sans doute espérait-elle seulement faire bonne impression.

— Vous prévoyez toujours de quoi grignoter pendant les réunions de travail ?

Elle fronça les sourcils.

— Pas du tout.

— C'est pour moi, alors ?

Secouant la tête en signe de dénégation, elle murmura un « non » à peine audible.

— Dans ce cas, à qui espériez-vous faire bonne impression ?

Mlle Howard jeta un regard circulaire comme si elle espérait voir apparaître quelqu'un dans la pièce.

— C'est le premier jour de Hanouka. Je me suis dit que vous aviez de la famille...

Benjamin resta silencieux.

C'était une gentille attention. Sauf qu'il n'avait plus de famille.

Il avait eu la chance d'avoir deux fois des parents aimants et il les avait perdus. Ils l'avaient laissé seul au monde, et cette double perte l'avait rendu réticent à prendre le risque d'en subir une troisième en fondant sa propre famille. Et, même si cela supposait une vie solitaire, l'absence de famille lui laissait le champ libre pour se consacrer au travail.

Il n'y avait personne pour le solliciter, personne pour le décevoir.

Il pourrait disparaître dans les montagnes, personne ne s'inquiéterait. Il pourrait se perdre corps et âme dans son travail, personne ne viendrait le chercher.

Naturellement, Mlle Howard ne savait rien de tout cela. Et c'était très bien ainsi.

Il préférait cultiver le mystère autour de sa personne plutôt que de susciter la pitié. D'autant que ce serait absurde d'avoir pitié d'un homme tel que lui, qui avait connu plus de plaisirs et de succès que la plupart des gens sur cette Terre.

Dissimulant ses pensées derrière un sourire poli, Benjamin esquiva la question non formulée à propos de sa famille.

— C'est gentil à vous. Malin, mais gentil.

Mlle Howard pivota vers lui en ouvrant de grands yeux indignés.

Il ne lui laissa pas le temps de riposter.

— Ma secrétaire va venir prendre la boîte. Soyez certaine que ces beignets feront des heureux.

Il ne précisa pas qui.

Mlle Howard n'avait pas besoin de savoir qu'il s'agissait du personnel qui assurait l'entretien des lieux.

— Pouvons-nous commencer, mademoiselle Howard ?

Pinçant les lèvres, elle hocha la tête et sortit de son sac un antique ordinateur portable qu'elle ouvrit devant elle.

— Quel est le code wi-fi ? demanda-t-elle sans regarder Benjamin, tandis que son PC ramait pour charger les programmes avec une lenteur désespérante.

Il esquissa un sourire amusé, appréciant ce moment où, semblant oublier qu'il était le patron, elle lui parlait normalement comme à un simple collègue de travail.

Il répondit à sa question tout en continuant à l'observer.

Elle ouvrit des tableurs, des brochures Internet et des mails.

Ses doigts fuselés, aux ongles nus, volaient sur le clavier, rapides et précis.

Quand la secrétaire vint chercher la boîte de beignets, elle releva les yeux de l'écran.

— Bonjour, dit-elle avec un sourire qui illumina soudain chaque parcelle de son visage.

Un sourire qui stupéfia Benjamin. Tout comme sa secrétaire-garde-du-corps.

Que le sourire de Mlle Howard puisse charmer cette dernière – une maîtresse femme à la stature imposante, aux cheveux grisonnants, qui ne versait pas dans le sentimental – en disait long sur son pouvoir.

Pivotant vers Benjamin, Miri reprit aussitôt son air sérieux.

— Par où voulez-vous commencer, monsieur Silver ?

Haussant les sourcils, elle le regarda actionner discrètement, par simple pression d'un bouton, le système de levage d'un écran intégré dans la table de travail.

— Commençons par le lieu où se déroulera la soirée, répondit-il avant de lancer vocalement le chargement quasi instantané de ses propres fichiers.

Le système de reconnaissance vocale était programmé pour ne répondre qu'à sa voix. Et, pour plus de sécurité, le clavier qui apparut sous ses doigts ne répondait qu'à ses empreintes digitales.

Benjamin Silver était un homme soucieux de son intimité et de sa sécurité. Et il aimait que son monde soit programmé rien que pour lui.

Par chance, il était assez riche pour assurer les trois.

Une fois le système en route, il se tourna vers Mlle Howard en dissimulant derrière un froncement de sourcils le trouble étrange qu'il ressentait chaque fois qu'il posait les yeux sur elle.

— Où en êtes-vous du projet ? Concept ? Progrès ? Résumez-moi ça en deux minutes.

Fronçant les sourcils à son tour, Miri baissa les yeux sur la multitude de tableaux et de documents s'affichant sur l'écran de son PC.

Benjamin pouvait presque voir les rouages de son cerveau tourner, tandis qu'elle s'attaquait à la tâche compliquée et inattendue d'avoir à résumer son travail des deux dernières semaines.

Ce n'était pas très sympa de sa part, mais sa requête était légitime. Si Mlle Howard voulait lui prouver qu'elle avait la situation bien en main et gagner sa confiance, elle devrait pouvoir répondre rapidement.

Allait-elle réussir ?

Quand elle releva les yeux sur lui, il lut une détermination sans faille dans l'ambre étincelant de ses iris.

Pour résister à l'impact de son regard, il se focalisa sur

ses lèvres pleines qu'elle humidifia du bout de la langue avant de parler.

— J'ai réservé le Vibiana. Ils assurent un service complet et, sachant que le temps presse, j'ai jugé que c'était un atout essentiel. Par ailleurs, comme il s'agit d'une ancienne cathédrale désacralisée, j'ai réfléchi à une soirée sur le thème du paradis. J'ai vérifié dans les archives de la fondation, ce serait une première. L'endroit s'y prête à merveille. Belle architecture, mosaïques et végétation luxuriante tout autour. L'espace vert extérieur pourrait être transformé en salle de bal.

Benjamin hocha la tête. L'idée était originale et intéressante – du moment qu'elle était mise en œuvre avec goût sans tomber dans le kitsch, bien sûr.

Cela dit, passer de l'idée à l'exécution, c'était une autre histoire.

— Si je comprends bien, vous proposez de rassembler les juifs les plus riches de la ville dans une cathédrale catholique romaine ? commenta-t-il d'un ton sceptique.

Il devait s'assurer qu'elle comprenait parfaitement l'enjeu autour de cette soirée, qu'elle y avait sérieusement réfléchi et qu'elle n'y voyait pas seulement un événement comme un autre à organiser.

Fronçant les sourcils de plus belle, Mlle Howard répéta en détachant chaque syllabe :

— Une cathédrale *désacralisée*, monsieur Silver. C'est aujourd'hui l'un des lieux événementiels les plus branchés de Los Angeles. Idéalement situé en centre-ville, le Vibiana assure une restauration d'excellence, et sa capacité d'accueil correspond exactement à nos besoins. Suffisamment d'espace pour un dîner de gala, tout en offrant des aires plus intimes pour que les gens puissent se retrouver en petit comité. De plus, nous avons la chance incroyable qu'une annulation leur permette de nous insérer dans leur calendrier de réservations complet sur plusieurs mois. Enfin, le chef connaît bien la cuisine cascher. Franchement, on ne peut rêver mieux.

— Ce n'est pas la Villa Getty, objecta Benjamin, cherchant la faille, même si l'argumentaire de Mlle Howard semblait solide.

— En effet. Mais, compte tenu de la situation actuelle, la Villa Getty n'est malheureusement plus une option, observa-t-elle d'un ton catégorique.

— Une façon diplomatique de faire allusion au scandale, ironisa Benjamin avec un petit sourire en coin.

Mlle Howard eut un haussement d'épaules indifférent.

— Ma mission consiste à assurer la bonne organisation des événements de la fondation, maintenant et demain. Ce qui s'est passé hier ne m'intéresse pas.

— Bien dit, mademoiselle Howard. Et je le répète, très diplomatique.

La précédente responsable de l'événementiel avait été licenciée à la suite de sa liaison avec le directeur administratif. La fraternisation entre employés étant strictement interdite à la FCJ, ils avaient été licenciés tous les deux. Mais le scandale avait gravement entaché la réputation de la fondation et ébranlé la confiance de la communauté dans sa capacité à accomplir sa mission.

Si l'ex-directeur administratif avait accepté la décision du conseil d'administration et coopéré pour assurer la transition avec son remplaçant, l'ex-chargée de l'événementiel n'avait pas été aussi accommodante. Elle était partie en emportant son fichier de contacts et ne s'était pas privée de traîner le nom de la fondation dans la boue auprès de son important réseau de prestataires de services.

En affirmant avoir les compétences pour la remplacer

et réparer les dégâts, Mlle Howard n'avait pas seulement accepté une course contre la montre, elle avait aussi accepté d'aller à contre-courant des traditions. Or, les plus importants donateurs de la fondation étaient d'un naturel ultra-conservateur.

— Il va aussi vous falloir une bonne dose de diplomatie quand nous annoncerons le lieu de la réception, observa Benjamin.

Si elle avait été à l'aise avec lui, Miri lui aurait sans doute décoché un clin d'œil complice. Mais elle se contenta d'un battement de cils.

— J'ai ce qu'il faut. Et je suis certaine que l'expérience gagnera les cœurs et les esprits.

— Comment comptez-vous convaincre les réfractaires ?

— C'est là que vous entrez en jeu, répondit aussi sec Miri. Cette année, vous allez devoir inviter personnellement vos donateurs. Je peux leur organiser une soirée de gala inoubliable, mais c'est à vous de la leur vendre.

Benjamin réprima un sourire. Décidément, son côté direct lui plaisait. Sans parler de sa ténacité.

Elle lui avait déjà transmis le message avec insistance en l'assommant de mails. L'une des raisons pour lesquelles il avait décidé de lui consacrer un peu de son temps au lieu de se contenter d'y répondre.

— Je vois. Une invitation personnelle de la part du milliardaire de service. Bon, si je dois racoler, il est temps d'entrer dans les détails.

— Alors, j'ai votre accord pour le lieu et le thème du gala ?

Mlle Howard attendait confirmation. Preuve qu'elle était parfaitement consciente du temps limité dont elle disposait et qu'elle ne prendrait pas le risque d'en gaspiller une miette sur une erreur ou un malentendu, approuva-t-il mentalement.

Il confirma d'un bref signe de tête.

Elle n'avait pas besoin de savoir que, non content d'approuver, il trouvait son idée géniale. Ça changerait des paillettes et du glamour convenu des précédents galas.

Il vit les prunelles dorées, fixées sur lui, étinceler d'une joie sincère.

— Parfait. Passons au dîner, enchaîna Miri. Étant donné le délai imparti, il me semble préférable d'opter pour le menu traditionnel du chef, à savoir poisson, viande ou plat végétarien, fruits et desserts. Si vous êtes d'accord, j'appelle le chef et...

Benjamin leva la main pour l'interrompre.

— Plus précisément, quels sont les plats ?

— Saumon, filet mignon et risotto *veggie*, répondit-elle en relevant les yeux de son écran pour le regarder.

Benjamin secoua la tête.

— Non. Votre proposition est intéressante et inédite, mais le menu n'est pas à la hauteur, mademoiselle Howard.

Elle haussa le sourcil droit, signifiant clairement son désaccord.

— Pardon, mais le gala ayant lieu dans moins de six semaines à présent, nous n'avons pas le temps d'expérimenter un menu original. La cuisine traditionnelle est une valeur sûre.

— Non, insista Benjamin. Offrir aux invités un dîner qu'ils peuvent se faire livrer chez eux serait en total désaccord avec le thème de la soirée et son cadre aussi enchanteur soit-il. Les invités y verraient un signe d'incompétence. Cette année plus que jamais, il est essentiel que chaque détail de cette soirée soit le reflet de notre excellence en termes de gestion et d'organisation. Sinon, les donateurs n'ouvriront pas leurs portefeuilles. Rien ne doit être laissé au hasard. S'agissant du menu, votre proposition est nulle. Vous pouvez certainement faire mieux.

« Votre proposition est nulle. Vous pouvez certainement faire mieux. »

Les mots se télescopèrent sous le crâne de Miri, sidérée par la brutalité de la critique.

Comment osait-il ?

L'idée d'une cuisine classique était la meilleure solution pour gagner du temps et accomplir le miracle dont elle était chargée. Elle n'avait tout simplement pas le loisir de réinventer la roue. Et, s'agissant de nourriture, les gens préféraient la tradition.

C'était son avis.

Mais, visiblement, pas celui de M. Silver.

— Excusez-moi, je ne suis pas certaine d'avoir bien saisi, dit-elle, incapable de dissimuler la pointe d'exaspération dans son ton. Vous me demandez d'établir un nouveau menu... *maintenant* ?

Il confirma d'un hochement de tête impatient.

— Il me semble avoir été clair. Le menu que vous proposez est commun et n'a rien à voir avec le thème de votre soirée.

— Je ne conteste pas. Mais c'est un compromis que j'estime justifié compte tenu des contraintes de temps.

Benjamin Silver balaya son excuse d'un geste de la main.

— Peu importent vos raisons. Je vous demande de faire mieux.

Miri en resta bouche bée. Il lui parlait comme à une gamine ! Il lui faisait la leçon comme s'il se prenait pour une sorte de professeur l'incitant à progresser. Sans parler de ses critiques à propos de son cardigan dès son arrivée.

Dieu merci, la réunion ne durait que deux heures. Ce soir, elle retrouverait ses amies et penserait à autre chose.

Il t'a tout de même félicitée pour ton idée, souffla timidement une petite voix sous son crâne.

Miri la fit taire. Cet homme n'avait pas besoin qu'on vienne lui chercher des excuses.

Il est autoritaire, mal élevé, déconnecté de la réalité, arrogant...

Poursuivant sa litanie mentale, elle força un sourire sur ses lèvres.

— Certainement, *monsieur.* Sur le thème du paradis, nous devrions bien évidemment proposer des plats cuisinés avec des herbes aromatiques, des cocktails à base de plantes et des desserts s'inspirant du jardin d'Éden avec des baies et des fleurs comestibles baignant dans le miel. C'est ce à quoi vous pensiez ?

Elle avait parlé en souriant, mais tout dans son ton et son impertinence indiquait clairement le fond de sa pensée.

Elle le trouvait outrancier. Comme tout le reste chez lui. Ses exigences, sa résidence, sa fortune, son pouvoir et, pire encore, sa capacité à lui faire oublier que son job dépendait de son aptitude à se plier à ses quatre volontés au lieu de lui répondre comme elle venait de le faire, dans une version plus authentique d'elle-même.

Sans son soutien, elle ne réussirait pas à conserver son emploi. Et, sans son emploi, elle n'aurait d'autre choix que de réintégrer le domicile familial. Par fierté, elle avait dormi trois semaines dans sa voiture après l'obtention de son diplôme pour ne pas avoir à rentrer chez elle avant d'avoir trouvé un logement. Cette fois, elle n'était pas certaine d'avoir ce courage.

Elle était prête à tout pour conserver son minuscule

appartement. Et son nouveau job lui plaisait vraiment beaucoup. Alors, pas question de montrer la véritable Miriam à Benjamin Silver. Elle devait lui offrir une version d'elle-même obéissante, adaptable et performante.

Silencieux, il soutint son regard pendant un moment avec une drôle de lueur dans ses yeux d'un bleu profond. Elle n'aurait su dire si c'était de l'irritation ou de l'amusement.

Puis elle vit un sourire se dessiner lentement sur ses lèvres, dévoilant des dents d'une blancheur éclatante. Et elle eut sa réponse : c'était de l'amusement.

— Voilà qui est mieux, *mademoiselle* Howard, fit-il en appuyant sur le « mademoiselle » avec une insolence égale à la sienne. C'est nettement plus adapté au thème que vous proposez.

— Je ferai modifier le menu en conséquence, obtempéra Miri en s'obligeant à ravaler un soupir agacé, même si elle était tout à fait consciente qu'il avait raison.

— Bien. Ce point étant réglé, passons au spectacle.

Décidément, il se comportait comme un roi accordant sa bénédiction, s'offusqua Miri qui dut, là encore, faire un effort surhumain pour ne pas lever les yeux au ciel.

L'examen des points suivants se déroula selon le même scénario. Benjamin Silver approuvait d'un imperceptible signe de tête presque tout ce qu'elle proposait, tout en se livrant à de petits intermèdes critiques qui la poussaient – force était de le reconnaître – à perfectionner le projet.

Quand ils eurent terminé, Miriam avait la nuque raidie par l'effort qu'elle s'était imposé tout au long de la réunion pour rester concentrée et ne pas se laisser troubler par l'intonation sensuelle de la voix grave de son patron et son regard bleu aussi tranchant qu'un rayon laser.

Jetant un coup d'œil à sa montre, elle découvrit,

stupéfaite, qu'ils avaient dépassé de plus d'une heure le temps imparti.

Zut ! Même si le vol en jet privé était plus rapide qu'un vol commercial, elle n'aurait pas le temps de passer chez elle pour se changer avant d'aller retrouver ses amies.

— Nous avons oublié l'heure, dit-elle en refermant précipitamment son PC.

— Quoi ?

Le big boss était visiblement aussi surpris qu'elle. Et il n'en était que plus sexy.

Miri s'empressa de rassembler ses affaires dans son sac. Il fallait qu'elle file d'ici dare-dare. Heureusement qu'ils n'avaient pas à travailler ensemble à plein temps. Trois heures en compagnie de Benjamin Silver, c'était plus que son corps et son esprit ne pouvaient supporter.

Un milliardaire ne devrait pas être aussi beau. Franchement, le monde était injuste. Où était l'égalité ?

Benjamin Silver n'aurait pas dû avoir cette voix si sexy, ni le physique qui allait avec. Il n'aurait pas dû avoir des yeux pareils. Bleu nuit, d'un bleu plus sombre que le saphir. Il n'aurait pas dû porter ses cheveux aussi longs, avec ses boucles brunes indisciplinées qui lui donnaient un petit air rebelle. Il n'aurait pas dû avoir des lèvres aussi divinement sculptées, un nez aussi fin et aristocratique, être aussi grand – il la dépassait de plus d'une tête.

Tout en lui était séduisant. Même quand il balançait ses critiques avec la brutalité d'une batte de base-ball.

Benjamin fronça les sourcils en regardant sa montre, et son visage s'assombrit.

Le maniaque du contrôle n'aime pas que le temps lui échappe, se moqua Miri en son for intérieur.

— Nous avons dépassé l'heure, mais nous avons

bien avancé, conclut-elle. Je n'aurai pas besoin de vous recontacter.

Il hocha la tête, les sourcils toujours froncés.

Ma foi, s'il n'était pas satisfait du résultat de leur réunion, Miri l'était pour deux. Elle avait l'accord du patron et elle n'aurait pas à le revoir.

Tant mieux !

Elle n'aimait pas les vols de dernière minute en jet privé et les réunions en tête à tête avec des milliardaires.

Elle était faite pour travailler dans des bureaux où l'on partageait des pauses-café. Elle était faite pour organiser des événements et prouver ses compétences en offrant des moments inoubliables aux convives. Elle était faite pour les petits dîners entre amis et les soirées tranquilles chez elle avec un bon roman.

Alors, bien sûr, elle n'était pas armée pour résister au charme quasi magnétique d'un milliardaire beau comme un dieu. Il y avait de quoi perdre la tête, non ?

Et la journée n'était pas terminée ! Il lui restait encore à affronter le périlleux trajet dans le froid et la neige jusqu'au jet privé de son patron. Mais une fois à bord, loin du regard acéré de Benjamin Silver, elle pourrait enfin respirer et penser à sa soirée détente entre filles. Il y aurait des rires, de bons petits plats et du vin.

À cette perspective, Miri ne put s'empêcher de pousser un soupir de contentement accompagné d'un sourire qui attira aussitôt le regard d'aigle de M. Silver.

Il avait vraiment des yeux incroyables. Des yeux qui vous transperçaient.

— Qu'est-ce qui vous fait sourire ? questionna-t-il en se levant.

— Heu, rien. Juste un petit accès d'euphorie, lâcha-t-elle

d'un ton léger. Sans doute l'altitude. L'oxygène y est plus rare.

— Est-ce une façon diplomatique de m'accuser de pomper tout l'oxygène de la pièce ?

Il avait l'air sérieux, et elle ne le connaissait pas très bien – en réalité, pas du tout – mais elle comprit qu'il plaisantait.

Son sourire s'élargit.

— Tout est tellement vaste ici qu'il est impossible de pomper tout l'oxygène. C'est pour ça que vous avez choisi de vivre dans cet endroit ?

Benjamin éclata de rire. Un rire profond et enjôleur.

— Vous m'avez percé à jour. Eh oui, même un homme comme moi se sent tout petit dans un tel environnement.

Ses yeux bleus étincelaient tels deux éclats de ciel, et durant quelques secondes Miri resta figée, littéralement hypnotisée, avant de réussir à se ressaisir. Elle avait l'impression de marcher sur une corde raide.

Il la précéda vers la porte du bureau.

— Malgré le retard, vous serez à Los Angeles avant le coucher du soleil.

Elle hocha la tête, soulagée. Le supplice touchait à sa fin. Mais, quand Benjamin ouvrit la porte, ce fut pour tomber nez à nez avec sa secrétaire.

— Mauvaise nouvelle, monsieur, annonça celle-ci sans prendre de gants, en mode aussi direct que son patron. Une tempête de neige vient de s'abattre sur la région. Le pilote ne sait pas quand il pourra redécoller, mais ce n'est certainement pas aujourd'hui.

Miri se figea.

— Il n'y a pas eu d'alerte ? questionna Benjamin d'un ton réprobateur.

— Si, mais vous aviez expressément demandé à ne pas

être dérangé, répondit la secrétaire avec un haussement d'épaules, comme si cela justifiait qu'elle n'ait pas pris la peine de les prévenir d'une tempête imminente, susceptible d'empêcher Miriam de rentrer chez elle.

Contre toute attente, Benjamin acquiesça d'un hochement de tête, jugeant de toute évidence que la réponse était rationnelle.

En revanche, Miri était sans voix. Rien de tout cela n'était rationnel. C'était même totalement insensé. Elle ne pouvait tout de même pas se retrouver coincée en pleine montagne, à cause d'une tempête de neige !

Ils auraient dû être prévenus.

Elle devait à tout prix rentrer à Los Angeles. Retrouver son appartement. Ses amies. Le soleil. Et surtout, filer loin d'ici, loin de Benjamin Silver – avant de faire ou de dire quelque chose qui pourrait lui coûter son job.

3

— Quand l'alerte météo a-t-elle été lancée ? s'enquit Benjamin.

Sa voix posée et courtoise contenait cependant un soupçon de colère. Une colère qui n'était pas dirigée contre sa secrétaire, mais contre lui.

C'était lui le fautif. Il avait ordonné à son personnel de ne le déranger sous aucun prétexte.

— Il y a une trentaine de minutes, monsieur.

C'était bien ce qu'il pensait. S'ils avaient conclu leur réunion à temps, Mlle Howard aurait pu rentrer chez elle.

Il détestait les retards.

Une petite heure pouvait suffire à faire basculer une vie tout entière. Il l'avait appris de la plus cruelle des façons avec la disparition de ses parents adoptifs. Une heure de carburant en moins, et vous vous réveilliez en ayant perdu tout ce qui vous était le plus cher. Une heure de perdue, et vous souhaitiez mourir aussi.

Mais Benjamin n'était pas mort.

Et c'était la raison pour laquelle il gérait son temps à la seconde près. Sauf aujourd'hui… Il s'était laissé captiver par Mlle Howard au point de ne pas regarder l'heure.

À cause de cette erreur, elle ne rentrerait pas chez elle

ce soir. À cause de cette erreur, elle allait passer cette première soirée de Hanouka loin des siens.

Il se tourna vers elle.

— Désolé, mais vous ne fêterez pas Hanouka ce soir avec vos proches. N'hésitez pas à les contacter grâce aux nombreux moyens de communication dont nous disposons ici. Le personnel va vous préparer une chambre. Il va de soi que vous serez dédommagée pour le préjudice subi.

La réaction de la secrétaire-garde-du-corps fut instantanée. Pivotant sur les talons, elle s'éloigna pour mettre immédiatement à exécution les paroles du patron.

En revanche, la réaction de Mlle Howard à cette déclaration fut moins pragmatique. Elle s'exprima par un regard incendiaire indiquant clairement qu'elle le tenait pour responsable de la situation.

Benjamin n'en fut pas surpris. C'était lui qui avait insisté pour qu'elle vienne ici – pour une réunion qui ne durerait pas plus de deux heures, avait-il affirmé avec l'assurance du mâle qu'on ne contredit jamais.

L'arrogance précède la chute, ironisa sa conscience, citant la Bible.

Ils avaient commencé par dépasser l'heure. Et maintenant, voilà le blizzard qui s'en mêlait.

C'était suffisant pour qu'il ait envie d'un verre.

Malheureusement, il n'aurait pas de soirée tranquille au coin du feu pour se détendre avec un excellent whisky hors d'âge.

Il avait une invitée imprévue.

— Merci, répondit cette dernière d'un ton sec. Mon téléphone suffira. Je resterai dans ma chambre pour ne pas m'imposer à votre famille. Entre le voyage et le travail, la journée a été longue.

Il y avait comme une pointe de reproche dans les mots *voyage* et *travail*, nota Benjamin.

Normal. La demoiselle était furieuse.

Et elle croyait qu'il avait de la famille planquée quelque part dans l'une des ailes du chalet, qui l'attendait pour allumer les bougies, distribuer des cadeaux et déguster les beignets de la dernière pâtisserie à la mode de Los Angeles.

Il allait devoir remédier à cette méprise.

Décidément, avec Mlle Howard, rien ne se passait comme prévu.

— Nous allons nous organiser. Mais, en attendant que votre chambre soit prête, peut-être pourrions-nous aller chercher cette fameuse boîte de beignets.

Mlle Howard demeura immobile. Allait-elle lui emboîter le pas ou bien allait-elle insister pour se terrer dans la chambre d'amis jusqu'à ce que la tempête soit passée ?

Benjamin sortit du bureau et se tourna vers elle, avec dans le regard une lueur provocante lui lançant un défi, celui de le suivre.

Les prunelles d'ambre étincelèrent.

Bien sûr qu'elle allait le relever. N'avait-elle pas déjà prouvé qu'elle était femme à relever n'importe quel défi ?

Avec un soupir agacé, Miri franchit le seuil du bureau et referma la porte derrière elle. Le clic du loquet résonna comme pour signaler que la réunion était close, tandis que le silence qui suivit posait la question : *On fait quoi maintenant ?*

Il était tout juste 15 heures, et ils avaient devant eux de longues heures à meubler. Deux secondes plus tôt, ils étaient collègues de travail. À présent, ils n'étaient plus qu'un homme et une femme isolés du reste du monde par la tempête.

En temps normal, Benjamin savait très bien comment il aurait meublé la fin de journée à venir en compagnie d'une femme aussi désirable.

Mais il n'y avait rien de normal dans cette situation. Mlle Howard n'était pas son amante du moment, et cet endroit était son sanctuaire. Il ne venait pas ici pour s'amuser. Il y venait pour retrouver sa créativité et se ressourcer après les mondanités et les déplacements professionnels aux quatre coins du globe.

Ici, c'était son domaine privé, là où il créait de nouveaux systèmes informatiques, fers de lance de son empire technologique.

L'idée d'inviter Mlle Howard à venir le rejoindre dans son refuge – alors qu'il était en pleine conception d'un logiciel révolutionnaire – lui était venue quand elle avait décroché le téléphone et qu'il avait perçu dans sa voix la même volonté obstinée que dans ses mails à faire bouger les lignes. Elle dégageait le genre d'énergie qu'il appréciait dans le travail.

— Franchement, dit-elle dans son dos. Je ne veux pas m'imposer en jouant l'invitée surprise. Inutile de me présenter à votre famille.

Benjamin ralentit le pas. Il était temps de dissiper le malentendu.

— De ce côté-là, vous avez de la chance, mademoiselle Howard. Il n'y a aucune présentation à faire.

— Comment ça ? Vous n'avez pas fait porter les beignets à vos proches ?

— Non. Ma secrétaire a certainement prévu de les offrir au personnel. Mais nous allons les intercepter à temps.

Il aurait préféré ne pas avoir à lui révéler l'absence de famille autour de lui. Cependant, les circonstances l'obligeaient à changer de cap – une technique qu'il maîtrisait à merveille. L'une des raisons de sa réussite.

Miri allongea le pas pour venir à sa hauteur, visiblement offensée.

— Bien sûr ! J'aurais dû y penser. Des beignets, ce n'est pas assez raffiné pour les Silver, fit-elle sans chercher à dissimuler le sarcasme dans son ton.

Elle n'avait toujours pas compris. Il était temps de mettre les choses au clair.

— Pas du tout, mademoiselle Howard. Je suis issu d'un milieu très modeste, et ces beignets auraient fait le bonheur de n'importe qui dans ma famille. Seulement voilà, je suis le seul Silver.

Miri s'arrêta net dans son élan.

— Vous êtes seul, ici ?

— En effet.

— Seul au milieu de toute cette *neige* ? ne put-elle s'empêcher d'insister avec un léger frisson en prononçant ce dernier mot.

Il hocha la tête.

— On dirait que vous n'aimez pas la neige, mademoiselle Howard.

— Je déteste avoir froid.

Inclinant la tête sur le côté, il ne put résister au plaisir de l'asticoter.

— Bizarre. Vous n'avez pas choisi la tenue la plus adéquate pour quelqu'un qui déteste avoir froid.

— Je m'habille pour la circonstance, pas pour la météo. Parce que je suis une personne civilisée qui vit dans un endroit civilisé où la météo est au beau fixe. Ma tenue est tout à fait adéquate pour une réunion de travail.

Benjamin sourit.

— Vous parlez comme une véritable Angeline.

— C'est ce que je suis. Et vous ? Que peut bien faire un Angelin seul au milieu de toute cette neige, pendant les fêtes ? À cette période de l'année, n'êtes-vous pas censé écumer les soirées mondaines entre deux repas de famille ?

C'était une image très hollywoodienne, bien loin de sa réalité, songea Benjamin. Une réalité que Mlle Howard persistait à ne pas comprendre. La famille était manifestement un concept si ancré en elle qu'elle ne pouvait imaginer que quelqu'un en soit privé – que toute une famille puisse vous être arrachée brutalement.

Il s'efforça de conserver un ton badin.

— Il existe des Angelins qui *aiment* la neige.

Sa voix était plus tendue qu'il n'aurait voulu, mais suffisamment décontractée.

Pourtant, Mlle Howard tourna vers lui un regard soudain soucieux. Elle se ressaisit cependant aussitôt avec un trait d'humour.

— Non, sans blague !

Mais c'était trop tard. Quel que soit ce qu'elle imaginait pour expliquer l'absence de famille près de lui, il avait noté l'étincelle de compassion dans ses yeux.

Mlle Howard était cependant bien plus à plaindre que lui. Sa carrière débutait, et elle allait devoir se battre pour gagner sa vie. Contrairement à lui, expert reconnu dans son domaine, ayant rejoint le club des milliardaires.

Comment pourrait-elle avoir de la peine pour lui ?

— La voilà ! déclara Miri, l'arrachant à ses réflexions.

Au détour du couloir, ils venaient de déboucher dans une grande pièce à vivre avec cuisine américaine. Posée sur le comptoir en marbre, la boîte de beignets les attendait.

Mais ce n'était pas la boîte qui aimantait à présent le regard de son invitée imprévue. C'était la tempête de neige qui faisait rage de l'autre côté des baies vitrées.

Le blizzard avait avalé la forêt. Tout était blanc. Les tourbillons de neige étaient si denses qu'on avait l'impression de plonger dans un océan de vent et de glace. Il n'y avait pas de mots pour décrire ce spectacle. C'était comme si on était projeté dans un autre monde. Sur une autre planète.

Dans le Colorado, la star, c'était la météo – bien plus que les célébrités avides d'attention ou les milliardaires ne sachant quoi faire de leur argent.

Comme Mlle Howard, la météo était imprévisible, et on ne pouvait l'ignorer. C'était justement ce que Benjamin venait chercher ici – ce sentiment de profonde humilité dans un lieu où la nature et ses éléments régnaient en maîtres absolus.

Sur le mur face aux baies vitrées, un feu brûlait dans l'énorme cheminée, créant une ambiance chaude et lumineuse comme pour tenir tête à la tempête qui grondait dehors.

Benjamin adorait voir des flammes danser. C'était le seul moyen qu'il avait trouvé pour atténuer l'absence de la famille qu'il avait perdue. On ne pouvait pas le serrer dans ses bras, mais le feu était vivant, chaleureux et constant.

Miri s'avança vers la baie vitrée, le regard rivé sur le spectacle des éléments qui se déchaînaient.

— Je n'ai jamais vu...

Sa voix, aussi craintive qu'étonnée, faiblit.

— Je n'ai jamais rien vu de tel, acheva-t-elle dans un murmure.

Benjamin nota qu'elle tremblait.

La nature était sauvage. Elle pouvait être violente, à l'image du monde qui les entourait. C'était une réalité qu'il regardait en face, et il exigeait que les gens autour de lui en fassent autant. Détourner les yeux ne rendait pas le monde meilleur.

Cela dit, il ne voulait pas que Mlle Howard soit effrayée. Il éprouvait même l'étrange besoin de la rassurer.

— J'ai vu pire, dit-il calmement. La première tempête à laquelle j'ai été confronté en venant de Los Angeles fut une sacrée expérience. Et bêtement, je n'avais pas pris la précaution d'apporter une boîte de beignets.

Miri tourna la tête vers lui et arqua un sourcil délicat.

— Alors, celle que j'ai apportée... C'était une sage précaution ou une astuce pour me faire bien voir ? questionna-t-elle, faisant allusion à sa remarque sur le sujet, un petit sourire ironique au coin des lèvres.

— Se pourrait-il que ce soient les deux ? répliqua Benjamin, secrètement ravi de la voir retrouver son sens de $1a repartie.

Elle ne répondit pas tout de suite. Puis elle se mordit les lèvres et éclata de rire. Un rire clair et joyeux. Un rire chaud et lumineux, comme pour faire écho au crépitement des flammes dans la cheminée.

Et ce mélange de joie, d'humour et d'intelligence, allié à sa silhouette aux courbes délicieuses, la rendait terriblement attirante.

Benjamin était fasciné. Ce regard d'ambre étincelant, ce corps vibrant de sensualité, tout en elle l'éblouissait.

Se ressaisissant, il s'arracha à la contemplation de Mlle Howard et chassa de son esprit l'image de son sourire rayonnant, pour se rappeler qu'il était tout à fait capable de garder le contrôle sur ses instincts primaires.

Depuis ses débuts comme programmeur informatique jusqu'à ce qu'il ait intégré la liste des célibataires richissimes les plus convoités, il avait à la fois profité de son penchant pour les jolies femmes et appris à le maîtriser.

Il savait quand et comment leur exprimer son intérêt,

comment leur donner du plaisir et faire en sorte que ça ne devienne pas sérieux.

Il n'était pas question pour lui de fonder une nouvelle famille qu'il pourrait perdre. Et il avait pour principe d'être clair sur ses intentions avec les femmes qu'il fréquentait. Des femmes qui ne lui étaient pas interdites, comme l'était Mlle Howard – en raison du principe de non-fraternisation entre employés de la fondation et du scandale à l'origine de son recrutement.

— Je ne suis peut-être pas capable de dévorer une pleine boîte de beignets pendant une réunion, susurra Miri, faisant allusion à une autre de ses remarques. Mais, après toutes ces heures de travail, je veux bien essayer devant la cheminée.

— Trois heures seulement, rectifia machinalement Benjamin tout en se demandant si elle avait conscience qu'elle semblait parler de tout autre chose que de dévorer des pâtisseries.

Ou bien avait-il l'esprit tordu ?

— En tout cas, il n'était pas prévu que cette réunion dure aussi longtemps, rétorqua Miri. Heureusement, la boîte est toujours là.

Sur ce, elle s'avança vers le comptoir, ouvrit la boîte et se servit. Benjamin la suivit. Il la regarda choisir un beignet moelleux, saupoudré de sucre glace, mordre dedans et savourer la bouchée en fermant les yeux avec un soupir de plaisir qui le fit tressaillir.

Elle avait soudain l'air plus détendue. Plus douce. Sa nuque n'était plus aussi raide. Et il réalisa qu'elle avait ouvert cette boîte non par gourmandise ou par bravade, mais parce qu'elle était stressée et qu'elle avait besoin de se réconforter.

Difficile de le lui reprocher. Un voyage professionnel

de dernière minute et voilà qu'elle se retrouvait coincée en montagne par une tempête de neige, avec un patron qu'elle connaissait à peine. Le premier soir de Hanouka par-dessus le marché. Elle avait certainement prévu quelque chose de plus réjouissant pour cette soirée que de la passer en sa compagnie.

— Mmm..., soupira-t-elle de nouveau avec sur le visage une expression de pur ravissement.

Elle rouvrit les yeux.

— Le pâtissier n'a pas usurpé sa réputation. Ses *soufganiyot* sont un délice. Vous devriez les goûter, dit-elle en agitant ses doigts fins au-dessus de la boîte ouverte. Il y a plusieurs variétés et il est permis d'en tester au moins une demi-douzaine pour célébrer le début de la fête des Lumières.

Benjamin baissa les yeux sur la boîte.

Mlle Howard voulait juste l'inciter à en prendre un, mais elle n'imaginait pas tout ce que ces beignets lui rappelaient : ses parents, des traditions familiales presque oubliées, la joie d'avoir une famille.

Avec un sourire contraint qui n'atteignit pas ses yeux, il en prit un au hasard pour lui faire plaisir, tandis que les pensées tournaient de nouveau sous son crâne alors qu'il maudissait la météo. Mais, dès qu'il croqua dans la pâte moelleuse, son cerveau se mit sur pause. C'était délicieux.

Il se souvint de la dernière fois où il avait mangé des *soufganiyot*. C'était lors du dernier Hanouka célébré avec ses parents adoptifs – ceux qui l'avaient élevé dès son plus jeune âge, après la disparition de ses parents biologiques.

— Excellent, dit-il, même si se mêlait à la saveur dans sa bouche une pointe d'amertume. Ça mériterait presque le changement de programme.

Miri émit un petit reniflement.

— Parlez pour vous. Il y avait du vin au programme de ma soirée.

Elle avait parlé sur le ton de la plaisanterie, mais il perçut la note de dépit dans sa voix. Sans doute était-elle déçue de voir ses projets tomber à l'eau.

Naturellement, rien ne pouvait remplacer les gens qu'elle aimait - il en savait quelque chose - mais il possédait une cave à vin haut de gamme.

— Vous aimez le rosé ?

Miri hésita une seconde, puis hocha la tête.

— J'aime beaucoup, oui, répondit-elle d'une voix cependant prudente.

Benjamin sourit.

— Je peux vous offrir un vin à base de cépage sangiovese, tempranillo ou syrah. Les trois seront parfaits.

Miri réfléchit, un léger pli entre les sourcils.

— Un vin floral et fruité avec des notes de melon, un vin un peu plus puissant et charnu, ou bien un vin aux notes de cerises noires et d'épices, précisa Benjamin pour l'aider.

— Cerises noires et épices, déclara Miri.

— Excellent choix.

Il désigna le canapé devant la cheminée.

— Allez donc vous asseoir. J'apporte le vin.

Une expression qu'il ne sut déchiffrer traversa le visage de son invitée avant qu'elle acquiesce d'un signe de tête, et il se surprit à la regarder marcher vers le canapé.

Analyser les gens, déchiffrer leur langage corporel était pour lui aussi naturel que de décrypter un code informatique.

Mais pas avec Mlle Howard...

Combien de temps lui faudrait-il pour réussir à lire en elle ?

4

Miri se laissa tomber sur le canapé et s'enfonça dans les coussins moelleux, tout en jetant un regard circulaire autour d'elle.

Ce coin salon était bien loin de son vieux divan acheté d'occasion. Bien loin aussi des murs fissurés de son minuscule appartement, recouverts d'affiches chinées chez des brocanteurs.

Benjamin Silver revint vers elle avec deux verres de vin rosé et les beignets. Elle n'en avait encore jamais mangé une pleine boîte mais, puisque c'était sa première confrontation avec une tempête de neige et qu'elle était coincée dans ce chalet avec son patron, elle ne voyait pas pourquoi elle devrait s'en priver. Là aussi ce serait une première. Tout comme boire du vin en compagnie d'un homme riche comme Crésus et être venue jusqu'ici en jet privé.

Elle le remercia pour le verre qu'il lui tendait, sans vraiment savoir si elle était contente ou pas. Aussi délicieux soient-ils, le rosé et les beignets ne pouvaient remplacer la traditionnelle soirée avec ses amies.

Benjamin s'installa à côté d'elle et posa la boîte sur la table basse devant eux. Sous leurs pieds, un épais tapis en laine de mouton brillait comme la nacre à la lueur des flammes, invitant Miri à recroqueviller ses orteils dans sa douceur soyeuse. Mais il aurait fallu pour cela qu'elle soit pieds nus. Or, elle n'avait pas l'intention de quitter ses escarpins pour se mettre à l'aise.

Car en dépit du vin, des pâtisseries, de la flambée dans la cheminée et du luxe environnant, il y avait des failles dans cette image idyllique de félicité hivernale qu'ils affichaient.

Il n'y avait pas de simplicité, pas de complicité entre eux. Ils ne se connaissaient pas. Elle était assise sur ce canapé, seule avec un homme qu'elle venait tout juste de rencontrer, à boire du vin, alors qu'ils étaient tournés l'un vers l'autre.

Sa vie semblait soudain avoir perdu toute logique. Se retrouver dans cette situation avec un quasi-inconnu était insensé. D'ordinaire, Miri avançait prudemment, elle prenait son temps pour construire une relation avec quelqu'un.

Se précipiter, agir de façon impulsive, faire confiance trop tôt, trop vite, c'était ce qu'elle s'était juré d'éviter dorénavant. Elle avait appris à ses dépens du gars qu'elle avait pensé épouser un jour qu'il fallait se méfier de tous.

Son ex-fiancé lui avait prouvé qu'il était impossible, même au bout de trois ans, de savoir si quelqu'un était suffisamment fidèle et digne de confiance pour qu'on puisse lui offrir son cœur.

Cela dit, les circonstances imposaient parfois de passer outre à certains principes. Certes, elle connaissait Benjamin Silver depuis quelques heures à peine, mais la seule option alternative à rester assise ici avec lui serait d'aller s'enfermer dans l'une des nombreuses chambres d'amis de ce gigantesque chalet et de s'y morfondre en attendant une amélioration de la météo.

— À votre santé.

La voix grave de son patron la ramena sur terre.

— Au gala et à Hanouka ! poursuivit celui-ci. Et à la fin de la tempête, bien sûr.

À la lueur du feu, ses iris bleus semblaient moins froids. Ils semblaient même se réchauffer de seconde en seconde. Miri leva son verre et heurta légèrement le sien tout en soutenant son regard hypnotique. La lumière des flammes dans la cheminée dansait sur leurs profils. Et le regard de Benjamin se fit encore plus profond, plus sombre.

Elle prit une petite gorgée de vin glacé dans l'espoir d'atténuer la chaleur qui montait insidieusement à ses joues. Elle avait du mal à respirer, et son cœur battait trop vite.

Dehors, le blizzard faisait rage, si violent qu'il était impossible de savoir si le soleil s'était déjà couché.

À cette époque de l'année, la nuit tombait tôt. Les festivités pour Hanouka allaient bientôt débuter et les bougies s'allumer pour commémorer le miracle des lumières.

Et elle était là, loin de Los Angeles et de ses amies.

Jusqu'à présent, la compagnie de M. Silver s'était avérée surprenante, stimulante et passionnante. Et quantité de qualificatifs lui venaient à l'esprit pour décrire l'homme lui-même – intelligent, exigeant, charismatique et diaboliquement beau.

Mais peu importe. Elle était ici uniquement à cause du gala à organiser et parce que la météo s'en était mêlée. Pas pour passer la soirée avec son patron.

— Le rosé est exquis, dit-elle pour combler le silence qui s'étirait entre eux.

— Merci. Ce n'est que tout récemment que j'ai commencé à ajouter des rosés à ma collection.

— Ce ne sont pas des vins assez nobles ? ne put-elle s'empêcher d'ironiser.

Il accueillit cependant la pique avec un sourire.

— Au contraire. Vous persistez à oublier que je ne suis pas né avec une cuillère en argent dans la bouche. Simplement, je n'ai pas encore eu le temps de prendre des cours d'œnologie et je choisis moi-même les vins que je bois. Ce qui donne à la dégustation une touche bien plus... *personnelle*.

Miri était heureuse que sa couleur de peau empêche les gens de la voir rougir.

Naturellement, quelqu'un de perspicace ou qui la connaissait bien le remarquerait tout de suite, mais c'était rarement le cas. La plupart des gens s'imaginaient que les personnes de couleur ne rougissaient pas.

Difficile cependant d'assimiler M. Silver au commun des mortels. Cela dit, ils venaient juste de se rencontrer. Par conséquent, il faisait partie de ceux qui ne la connaissaient pas.

Rassurée, elle lui décocha un sourire entendu.

— Il est facile d'oublier vos origines modestes dans un lieu tel que celui-ci, conçu pour les ultra-riches désireux de vivre dans une nature sauvage, à l'écart du monde extérieur. Minimalisme et isolement luxueux ne sont-ils pas l'apanage des gens fortunés ?

Benjamin haussa un sourcil amusé et désigna d'un ample mouvement de bras la cheminée monumentale et l'énorme canapé sur lequel ils étaient installés.

— Comme vous pouvez le voir, je ne suis pas fan de minimalisme.

— Mais d'isolement, si, objecta Miri. Les gens *normaux* préfèrent vivre avec ceux qu'ils aiment plutôt que dans des montagnes isolées par la neige.

— Là encore, désolé de réfuter votre théorie mais, si je voulais vivre avec ceux que j'aime dans le luxe et l'abondance, je ne me priverais pas. Seulement voilà, je ne peux pas, puisqu'ils n'existent plus.

— Comment cela, ils n'existent plus ? questionna Miri, persistant à nier l'évidence.

Il avait pourtant essayé de la lui faire comprendre, à plusieurs reprises. Quand il avait précisé être le seul Silver, sans doute avait-elle cru qu'il voulait dire qu'il était le seul Silver dans le chalet. Pas qu'il était seul au monde.

— Ils sont morts, lâcha-t-il. Mes parents adoptifs ont disparu lors d'un naufrage la veille de mon entrée à l'université.

— Vous n'avez pas de frères et sœurs ? s'étonna Miri, fonçant sur sa lancée sans réfléchir.

C'était tellement incroyable pour elle qu'un homme aussi riche et puissant puisse être seul au monde.

Benjamin secoua la tête.

— Non. Ils m'avaient adopté sur le tard. J'étais leur fils unique. Eux-mêmes étaient enfants uniques, et leurs propres parents étaient décédés depuis longtemps quand ils m'ont adopté.

Miri était consternée.

Aussi difficile et décousue qu'ait été son expérience des relations familiales, Miri avait une famille. Des gens toujours là à ses côtés, même s'ils ne savaient plus vraiment où la placer dans le tableau familial depuis qu'elle avait décidé de suivre sa propre voie.

Elle croisa le regard de Benjamin par-dessus son verre.

Involontairement, elle l'avait poussé à formuler ce qu'elle aurait dû réaliser dès le début – s'il était seul pour Hanouka, ce n'était pas par choix, mais parce qu'il n'avait personne avec qui passer les fêtes.

À présent, il l'observait comme s'il attendait de voir sa réaction à sa triste histoire pour la juger.

Il ne voulait pas de sa pitié. Elle le lisait dans ses yeux. Et elle le comprenait.

— Ce qui explique que personne d'autre n'ait touché à cette boîte de beignets, conclut-elle d'un ton qu'elle espérait suffisamment léger.

Un sourire atténua l'intensité du regard bleu posé sur elle.

— Résultat, il y en a davantage pour nous, enchaîna Benjamin en piochant un beignet. Voilà des années que je n'avais pas mangé de *soufganiyot*, ajouta-t-il en examinant le bout de ses doigts légèrement recouverts de sucre glace, l'air songeur, comme s'il était soudain ailleurs, perdu entre le présent et ses souvenirs.

Miri ne le quittait pas des yeux.

Chaque mot prononcé par cet homme résonnait à travers son corps. Elle lisait la nostalgie et une sorte de joie distante dans la courbe de sa bouche.

— Ma mère les adorait. Elle aurait facilement pu vider cette boîte le temps de notre réunion de travail.

Et, tandis qu'il parlait, son sourire s'épanouissait, sa voix se faisait plus chaleureuse. Et ses yeux bleus, si réfrigérants en temps normal, avaient à présent l'éclat d'un ciel d'été.

— Elle n'avait aucune volonté dès qu'elle avait des sucreries sous le nez. Elle en était consciente et refusait d'en acheter pour ne pas se laisser tenter. « Pourquoi me ferais-je du mal ? » nous répétait-elle à l'approche des fêtes.

Miri laissa échapper un petit rire.

— Et vous souffriez tous avec elle ?

Benjamin secoua la tête.

— Chaque année, le premier soir de Hanouka, mon père passait me prendre à l'école, et nous achetions une boîte de *soufganiyot* sur le chemin du retour. C'était notre grande tradition.

Miri retint son souffle.

Sans le savoir, elle avait renouvelé cette tradition pour lui. Alors, même si ce n'était pas la soirée qu'elle avait espérée, le hasard faisait bien les choses.

Ses amies regretteraient son absence, mais elles seraient ensemble. Tandis que M. Silver aurait été complètement seul sans elle et sa ridicule boîte de pâtisseries.

Le regard bleu accrocha de nouveau le sien.

— Chez nous, à peine avions-nous franchi la porte d'entrée, la boîte ne passait jamais le cap de la première heure, ce qui montre que nous avons su faire preuve d'un certain contrôle sur nous-mêmes jusqu'à présent, plaisanta Benjamin en époussetant le sucre au bout de ses doigts, avant de prendre un autre beignet glacé au sirop d'érable.

Son sourire se fit malicieux et gourmand.

— Cela dit, Hanouka n'a pas encore débuté officiellement, et nous avons déjà ouvert la boîte. Mon père et moi n'aurions jamais osé commettre un tel sacrilège.

Il mordit dans le beignet avec un petit bruit de pure satisfaction.

Miri sentit une vibration lui parcourir le corps. Et elle se demanda si la voix musicale et grave de cet homme, qui glissait sur sa peau pour y semer des frissons, n'était pas le secret de sa réussite. Peut-être hypnotisait-il les gens en leur faisant croire qu'il était un informaticien de génie alors qu'en réalité ils étaient tout simplement raides dingues de sa voix et qu'ils adoraient l'écouter parler.

Bien sûr, cela ne suffisait pas à expliquer la fortune qu'il avait amassée. Il était forcément ultra-compétent dans son domaine. Mais, avec une voix comme la sienne, il était facile de croire qu'il avait aussi quelque chose de surnaturel.

À son tour, Miri prit un autre beignet et fut surprise de voir M. Silver remplir à nouveau son verre.

Avait-elle bu le premier si vite ? Elle ne s'en était pas aperçue.

Elle s'en serait peut-être inquiétée si son patron n'avait pas évoqué ce souvenir plein de tendresse. Un souvenir qui la renvoyait à son propre passé, à sa famille, aux Noëls où tout le monde s'entassait dans la maison pour manger, chanter, rire, se chamailler et s'offrir de l'amour à travers une multitude de gestes tendres et de douceurs. Elle se souvenait de la chasse aux œufs de Pâques avec ses cousins, des anniversaires et des fêtes. Toutes les excuses leur étaient bonnes pour se rassembler et rester proches.

Évidemment, c'était avant qu'elle se convertisse et que sa présence devienne une gêne lors des événements religieux autour desquels ils avaient tous l'habitude de se réunir. Ils l'aimaient toujours. Simplement, ils ne savaient plus où la faire entrer dans le tableau. Elle n'y avait plus sa place, et ce sentiment d'appartenance lui manquait. Heureusement, il restait les fêtes populaires de l'Indépendance et du Travail avec leurs barbecues traditionnels.

Chassant ce soudain accès de mélancolie, elle croqua le beignet avec délice.

— Je parie que votre maman était ravie que vous lui apportiez des *soufganiyot*.

Benjamin hocha la tête.

— À chaque bouchée, elle faisait mine de se plaindre que c'était notre faute si elle ne pouvait plus rentrer dans ses vieux jeans. Nous adorions la taquiner et la faire rire. C'était facile, elle avait une âme d'enfant.

À l'entendre parler ainsi de sa mère, Miri avait de plus

en plus de mal à s'accrocher à l'image du patron tyrannique qu'elle lui avait collée.

Tant pis. Il serait toujours temps de se rappeler qui elle était, qui était Benjamin Silver, et leurs statuts respectifs, quand elle rentrerait à L.A.

Ce soir, elle aussi avait très envie de sortir de sa case professionnelle.

— Je n'ai pas d'aussi jolis souvenirs pour Hanouka avec ma famille. Mais, le jour de mon engagement, notre petit groupe d'amies a décidé de se retrouver chaque année pour célébrer la fête des Lumières. Nous étions toutes étudiantes à l'époque, avant qu'il y ait des maris, des enfants ou des carrières à gérer. C'était facile de se réunir. La première année, nous avons fait les *soufganiyot* nous-mêmes. Nous avons aussi appris à cuisiner les galettes de pommes de terre, le *kugel* et même la soupe aux boulettes matzo. Vous imaginez le travail ! Il y avait de la farine, de l'huile et du sucre partout. Nous étions sept, cette année-là. Et nous avions aussi prévu le vin. Un vin bien moins cher que celui-ci.

Miri leva son verre.

— La cuisine était un chantier, et nous étions pompettes. C'était la pagaille, mais c'était génial. Cette première soirée a lancé notre tradition annuelle. Je suis sûre qu'aucune de nous non plus ne rentrait dans ses jeans le lendemain.

En racontant cette histoire, Miri s'aperçut qu'elle ne l'avait encore jamais partagée avec qui que ce soit. Elle avait pourtant marqué le début d'un tournant important dans sa vie. Ses amies étaient devenues sa seconde famille.

Cette soirée, c'était un moment qu'elle attendait toute l'année, mais elle n'en avait jamais parlé à personne.

Et bizarrement être assise là, avec son patron milliardaire, un verre de rosé haut de gamme à la main, en dégustant des beignets de Hanouka achetés chez un célèbre pâtissier de Los Angeles, sans poêle à frire et bouteille de vin bon marché en vue, lui procurait cette même sensation de chaleur.

Sans doute le feu dans la cheminée. Et le très bon vin. Ou peut-être était-ce un miracle de Hanouka. *Ce n'est que le vin,* se rassura-t-elle. Forcément. Ce ne pouvait pas être la présence de M. Silver.

Il leva son verre dans sa direction.

— Vous m'épatez. Je suis juif de naissance et je n'ai jamais réalisé un seul de ces plats.

— Normal. Vous aviez une mère qui les cuisinait pour vous. Nous, nous étions une bande d'orphelines avec un rabbin pour mère poule.

— Vous étiez orphelines ? questionna Benjamin, l'air soudain sérieux.

Surprise par ce brusque revirement, Miri s'empressa de préciser :

— Au sens figuré, bien sûr. Aucune de nous n'était issue de familles juives.

Elle le dévisagea, réalisant pourquoi il avait pris le terme *orphelines* au sens littéral. Puis elle vit son corps se détendre aussi soudainement qu'il s'était raidi.

— C'est donc ce que vous vouliez dire par « engagement ». Vous êtes une... convertie.

Il avait prononcé ce dernier mot, l'air incrédule. Miri essaya de ne pas le prendre personnellement. Pour la plupart des gens, le passage par un rituel religieux ou sacré ne faisait pas partie du monde moderne – c'était hors norme. Elle avait l'habitude.

Tout comme elle avait l'habitude que la plupart des gens s'étonnent qu'une personne de couleur soit juive.

Alors, même si elle aurait préféré ne pas faire figure de bête curieuse, elle comprenait leurs réactions.

Elle hocha la tête.

— Je me suis convertie quand j'étais encore au lycée.

Puis elle se prépara à affronter l'inévitable question suivante. *Pourquoi ?*

Mais, une fois de plus, Benjamin Silver la prit au dépourvu.

— Alors, si vous n'avez pas de jolis souvenirs familiaux pour Hanouka, ce n'est pas parce que vous avez perdu votre famille, comme je l'ai d'abord supposé, mais parce que celle-ci n'est pas de confession juive.

Miri confirma d'un hochement de tête.

— C'est exact. Ma famille va très bien et s'agrandit de jour en jour. Mes frères et sœurs ne cessent de se reproduire, et mes parents adorent avoir une ribambelle de petits-enfants autour d'eux. La maison est plus bruyante aujourd'hui que lorsque nous étions gamins.

— Mais aucun d'entre eux ne fête Hanouka avec vous ?

La question n'était pas hostile en soi, mais la réprobation s'accrochait à chaque mot.

— Normal. Aucun d'entre eux n'est juif, répondit Miri, aussitôt sur la défensive.

— Ce n'est pas une raison. Hanouka est une fête à laquelle tout le monde peut prendre part, même si l'on n'est pas juif, répliqua Benjamin.

— Pas dans *ma* famille.

— Pourquoi « pas dans la *vôtre* » ? Le fait que vous vous soyez convertie ne devrait-il pas les rendre au contraire plus curieux et désireux d'y participer ?

C'était ce que Miri pensait, mais elle ne le dirait jamais.

— Ils sont simplement très attachés à leurs traditions. Et, même s'ils ne comprennent pas mes choix, cela ne nous empêche pas de nous retrouver régulièrement chez mes parents pour dîner tous ensemble.

— Qu'y a-t-il de si difficile à comprendre dans le choix de se convertir à la religion juive ? commenta Benjamin, l'air faussement surpris. La cuisine est excellente, et nous savons nous amuser.

Miri éclata de rire.

— C'est précisément ce qui m'a convaincue.

Cela dit, la question était importante. Elle se l'était souvent posée. Mais plus elle côtoyait de personnes juives de naissance ou converties, plus elle découvrait les préjugés qui circulaient sous la surface. La Seconde Guerre mondiale n'avait pas sonné le glas de l'antisémitisme. La plupart des gens, y compris elle-même par le passé, n'imaginaient pas à quel point leur idée du judaïsme était fausse, voire pour certains carrément antisémite.

Même s'ils vous aiment, lui rappela tristement une petite voix.

De son point de vue, c'était un problème d'ignorance, et elle leur pardonnait. En revanche, elle avait l'impression que ce n'était pas le cas de M. Silver. Il était du genre à contre-attaquer.

Mais, là tout de suite, ses yeux souriaient, chaleureux. Et le contraste avec leur bleu glacial et tranchant habituel était tellement saisissant que Miri se demanda si derrière la façade ne brûlait pas une âme passionnée.

Ridicule, bien sûr. La passion était brouillonne et imprévisible. Or, Benjamin Silver était un concepteur de logiciels devenu milliardaire. Un être logique et factuel. Un maniaque du contrôle. Un homme suffisamment impitoyable pour avoir réussi à naviguer dans le monde des affaires et amasser une telle fortune.

Elle ferait bien de s'en souvenir. Et de s'en convaincre – même si sa compagnie s'avérait finalement très agréable.

Il lui sourit.

— Preuve que vous avez bon goût et que vous ne manquez pas de discernement. Le projet de gala que vous m'avez présenté en témoigne aussi.

Rougissante, Miri essaya de se concentrer sur le côté professionnel du compliment.

— Merci.

La chaleur dans le regard bleu rivé sur elle se fit soudain plus intense.

— Je suis certain que cette soirée de gala ne ressemblera à aucune autre et restera dans les mémoires.

Miri ne savait si c'étaient les compliments, le feu dans la cheminée ou le vin, mais elle avait soudain très chaud. Elle se pencha pour poser son verre sur la table basse.

— À condition que tout se déroule selon les plans, dit-elle pour temporiser. Il arrive parfois que rien ne se passe comme prévu.

— Comme quoi, par exemple ? questionna Benjamin en la regardant sans chercher à dissimuler son amusement.

— Eh bien, voyons..., répondit Miri en commençant à compter sur ses doigts avec une impertinence qu'elle ne se serait pas permise une heure plus tôt. Le choix d'un menu traditionnel pour le gala, le mariage avec mon petit ami du lycée, la réunion de deux heures max avec mon patron. Ce sont les premiers qui me viennent à l'esprit.

Elle avait parié sur le sens de l'humour et de l'autodérision de M. Silver.

Il ne la déçut pas.

— En effet, opina-t-il, la mine grave. Il semble que *certains* de vos projets tombent à l'eau. Dieu merci, ce sont les plus mauvais. Ce menu pour le dîner de gala, par exemple...

Il baissa la voix et lui décocha un sourire en coin.

— Heureusement que j'étais là pour vous remettre sur les rails.

— Quel bonheur de découvrir tant de modestie chez un milliardaire ! s'esclaffa Miri, oubliant l'espace d'un instant qu'elle ne discutait pas avec un ami mais avec Benjamin Silver.

— Nous sommes une espèce rare, répliqua-t-il, une lueur tout à la fois malicieuse et enjôleuse dans le regard.

Miri avait du mal à croire que son patron était le même homme qui était en train de la faire rire.

Il était carrément différent de ce qu'elle s'était imaginé. Ce qui le rendait encore plus fascinant.

— Pourquoi n'avez-vous pas épousé votre petit copain ? questionna-t-il avec son sourire en coin, terriblement séduisant.

Miri ne put réprimer une grimace.

Qu'est-ce qui t'a pris de mettre ce sujet sur la table ?

D'habitude, elle n'en parlait jamais.

Mais Benjamin Silver semblait vivre dans un monde où les règles étaient différentes – y compris celles qu'elle s'était elle-même fixées.

— C'est lui qui n'a pas voulu. Il trouvait que j'avais changé au cours de notre dernière année de lycée et il ne pouvait plus m'imaginer en future mère de ses enfants. Comme par hasard, il s'en est aperçu alors qu'il était subitement devenu *très* intime avec une autre fille. Aujourd'hui, ils sont mariés et ont des enfants. Preuve qu'il a sans doute bien fait.

Elle n'avait jamais parlé de cette blessure, même avec ses plus proches amies. Or, c'était ce qu'elle venait de faire avec son patron, un quasi-inconnu. Était-ce la tempête de neige qui modifiait l'ordre établi ?

Soudain, elle n'avait plus aussi mal. Lors de sa rupture avec celui que tout le monde considérait comme son fiancé, elle avait cru qu'elle allait mourir le cœur brisé, tant la douleur avait été violente. Mais, là tout de suite, le temps et l'éloignement semblaient avoir opéré leur magie. Tout comme la voix irrésistible de M. Silver, tandis qu'il levait son verre en déclarant de son ton tout à la fois sarcastique et sexy :

— Félicitations, mademoiselle Howard ! Vous êtes sortie à temps d'une situation *catastrophique* avant qu'elle devienne encore plus compliquée. Finalement, tout s'est arrangé au mieux pour tout le monde.

Miri se surprit une fois de plus à éclater de rire – un rire thérapeutique. C'était bien de pouvoir plaisanter de cette histoire. Ce qu'elle n'avait jamais réussi à faire avec sa famille, ni avec ses amies. Parce qu'ils avaient de la peine et qu'ils étaient gênés pour elle dès qu'elle mentionnait son ex-fiancé.

Elle avait pourtant besoin de se sentir libre d'en rire. Elle avait besoin de cette drôle de conversation autant que M. Silver avait besoin de compagnie.

— À l'époque, je pensais que c'était la rupture qui *était* catastrophique, mais aujourd'hui je suis d'accord avec vous, dit Miri en riant d'elle-même tout autant que de l'aplomb de l'homme à côté d'elle.

— Sans être indiscret, c'était qui ce casanova du lycée ?

— Nous nous sommes connus au collège...

— Au collège ? s'exclama Benjamin, l'air faussement choqué. C'est légal ?

— Entre mineurs, tout à fait, répondit Miri en riant de plus belle. De toute façon, nous ne sommes pas sortis ensemble avant le lycée. Et, même là, nous étions chaperonnés par nos parents. Notre relation s'est déroulée sous leurs regards attentifs et pleins d'adoration. Bref, il n'y a rien eu d'indécent entre nous.

— Une chance que vous ayez rompu avant que ça aille trop loin. Votre petit ami était stupide. Je suis surpris que vous ne vous en soyez pas aperçue.

— Il était faible et infidèle, mais je n'irais pas jusqu'à dire que c'était un imbécile.

Benjamin haussa les épaules.

— Il a tout de même remis en cause votre capacité à être mère. Je ne vous connais pas depuis longtemps mais, après avoir seulement travaillé quelques heures avec vous, je peux affirmer que vous ferez une excellente mère. Vous êtes passionnée, créative, déterminée et vous savez relever les défis. Bref, tout ce qu'il faut pour être une maman formidable.

Miri ne riait plus à présent.

Tant de choses l'avaient fait souffrir à cette période de sa vie. Et, jusqu'à cet instant, elle n'avait pas réalisé combien cette allégation de son ex l'avait profondément peinée.

Les joues en feu, elle essaya de faire fi des compliments.

— Comme vous dites, tout s'est arrangé au mieux pour tout le monde.

Benjamin hocha la tête.

— Surtout pour vous. Vous auriez pu avoir des enfants avec un imbécile. Dieu merci, vous n'avez pas procréé avant de vous sauver.

Avec une grimace d'autodérision, Miri lui donna une petite tape amicale sur le bras. Il était infernal, mais il avait réussi à faire d'une expérience terriblement douloureuse quelque chose dont elle pouvait rire à présent.

— J'insiste, mademoiselle Howard. Vous l'avez échappé

belle ! Aujourd'hui, vous êtes diplômée, vous occupez un poste à responsabilité dans une grande fondation, vous avez trouvé une famille chez les convertis et vous profitez de la vie. Tout est bien qui finit bien, conclut-il en levant son verre.

Rougissante, elle trinqua avec lui, puis détourna la tête vers la baie vitrée pour dissimuler son trouble.

La nuit était tombée.

Ses amies étaient sans doute en train de se retrouver pour leur soirée traditionnelle. Elle leur avait expliqué la situation par texto et dit de ne pas l'attendre. Il était déjà arrivé que l'un des membres de leur groupe ne puisse y assister, mais cette année ce serait une première pour Miri.

Tu y seras l'année prochaine. Elles ne vont pas tarder à allumer les bougies, songea-t-elle en contemplant les tourbillons de neige qui avalaient la montagne.

L'année prochaine, se répéta-t-elle.

— Vous deviez passer cette soirée avec vos amies, dit Benjamin comme si elle s'était exprimée à voix haute.

Elle se retourna vers lui.

Il lisait en elle comme s'il passait au crible chacune de ses pensées. Et, face à sa perspicacité, elle ne pouvait faire autrement que de répondre avec franchise.

— En effet. Nous nous retrouvons chaque année, le premier soir de Hanouka. Certaines ont fondé une famille, mais nous continuons de nous rassembler chez celle qui est chargée d'accueillir tout le monde cette année-là et nous cuisinons ensemble. C'est un moment que nous attendons toutes avec impatience.

— Désolé de vous en priver. C'est ma faute, et je m'en excuse.

Miri sourit.

Décidément, son patron ne cessait de la surprendre.

Il n'avait pas à s'excuser, et elle ne pouvait pas vraiment lui reprocher quoi que ce soit. Il n'avait aucun pouvoir sur la météo. Mais elle appréciait qu'il comprenne sa frustration et le lui montre. D'autant plus qu'elle n'aurait jamais imaginé que Benjamin Silver puisse s'excuser auprès de qui que ce soit - encore moins auprès d'une employée récemment recrutée.

— Merci, mais vous n'y êtes pour rien. Et ce contretemps me permet de réaliser à quel point cette tradition m'est chère et combien mes amies comptent pour moi. Les fêtes sont là pour nous le rappeler.

— Vous avez raison. Rien ne peut malheureusement remplacer votre soirée entre amies, mais nous ferons ce qu'il faut pour rendre votre séjour ici agréable, mademoiselle Howard. Tout ce que je peux offrir est à vous.

De la part d'un milliardaire... autant dire qu'il lui offrait la moitié du monde, songea Miri. Et elle lisait dans ses yeux qu'il était tout ce qu'il y a de plus sérieux.

À l'évidence, c'était important pour lui de réparer. Il se sentait redevable, et c'était manifestement le genre d'homme à payer ses dettes.

Mais elle n'avait besoin de rien, si ce n'est de rentrer à Los Angeles dès que possible et de faire en sorte que le gala se déroule sans problème.

— C'est bon. Une soirée, ce n'est pas bien grave, j'y survivrai. Et, je vous en prie, appelez-moi Miri.

Étant donné la tournure prise par leur conversation, c'était bizarre qu'ils ne s'appellent pas par leurs prénoms.

— J'apprécie votre altruisme, *Miri*, mais je suis certain que je peux faire quelque chose pour vous éviter d'être déçue. En attendant, appelez-moi Benjamin.

Une chaleur nouvelle anima son sourire amusé. Miri sentit son cœur s'affoler. La façon dont il avait prononcé son prénom, de sa voix grave et sensuelle, et les paroles qui avaient suivi résonnaient soudain en elle comme une proposition à caractère érotique – même si elle était consciente que ce n'était pas intentionnel de sa part.

Certes, ils venaient de partager des histoires très personnelles, mais elle était l'employée et lui, le patron. Et ils avaient pour mission de rétablir la réputation d'une importante fondation. Ils savaient tous deux ce qui était en jeu. Le sous-entendu qu'elle avait perçu dans ses paroles ne pouvait être qu'imaginaire.

Cependant, si quelqu'un lui avait dit qu'elle inaugurerait Hanouka avec le big boss en l'appelant par son prénom, elle ne l'aurait pas cru. Et si quelqu'un lui avait dit qu'elle dégusterait un délicieux rosé tout en lui parlant d'elle, elle aurait appelé les urgences psychiatriques.

L'idée même était presque aussi absurde que si elle avait juré lire dans le regard bleu rivé sur elle l'écho du trouble qu'elle éprouvait.

Cet homme était son patron, *Benjamin Silver*, l'un des hommes les plus riches de la planète. Il était exigeant et intransigeant. Ce n'était pas un ami, encore moins un confident.

Pourtant...

Ils étaient là tous les deux, seuls en pleine tempête de neige, à déguster des beignets accompagnés d'un excellent vin, devant la cheminée, les yeux dans les yeux. Leurs regards comme aimantés. Exprimant des émotions que les mots étaient impuissants à formuler.

Impossible.

Ils se connaissaient à peine. C'était la première fois qu'ils se voyaient. La première fois qu'ils se parlaient. Il s'agissait de Benjamin Silver, l'un des célibataires les plus convoités de la planète. Elle n'était qu'une ex-étudiante sans le sou qui venait de décrocher un emploi.

L'étincelle entre eux ne pouvait être qu'une illusion. Il était inconcevable qu'il puisse la regarder ainsi, comme s'il promettait de réparer de manière plus intime l'erreur qu'il avait faite en lui demandant de venir ici.

La ligne rouge était claire.

Alors, pourquoi leurs corps s'inclinaient-ils l'un vers l'autre ? Pourquoi leurs regards dérivaient-ils vers la bouche de l'autre ? Avait-elle fait le premier pas ou était-ce lui ? Était-ce important de le savoir ?

Leurs lèvres s'effleurèrent, se caressèrent, les siennes douces et souples, celles de Benjamin brûlantes et fermes.

Levant une main vers son visage, du bout des doigts, il suivit le dessin de sa mâchoire, tandis qu'il l'enlaçait avec son bras libre pour l'attirer contre lui, plaquant sa poitrine contre son torse.

Miri émit un petit cri étouffé, et il profita de ses lèvres entrouvertes pour glisser la langue entre elles. Miri enfouit les mains dans ses boucles brunes. Il gémit en sentant ses doigts se resserrer sur ses cheveux, tirer dessus.

Sa bouche se fit plus dure, il approfondit leur baiser, exigeant tout ce que Miri avait à donner, et elle le lui donna. Elle se pressa contre lui, ses seins dressés contre sa force et sa chaleur. Leurs souffles se mêlaient. Benjamin avait un goût sucré et entêtant, celui du sucre glace et du vin.

Son baiser était aussi déchaîné que la tempête, aussi intransigeant que Benjamin l'était dans le travail, réclamant le meilleur d'elle-même. Le mouvement de ses lèvres, l'étau de ses bras éveillaient en elle le besoin d'y répondre. De lui donner ce qu'il demandait et bien au-delà.

Alors, Miri s'abandonna, libérant ses émotions et sa sensualité trop longtemps refoulées. Il y avait déjà cinq ans que son fiancé l'avait trompée. Depuis, elle était sortie avec d'autres garçons, mais elle n'avait jamais pu aller plus loin que de gentils baisers platoniques au moment de se souhaiter bonne nuit.

Qu'elle n'ait jamais couché avec un homme relevait moins de la peur du péché que de la crainte d'être trahie. Cette appréhension ne la quittait jamais. Sauf avec cet homme.

Ce soir, il n'y avait rien de platonique dans la façon dont elle embrassait Benjamin Silver. C'était le genre de baiser qui ne demandait qu'à aller beaucoup plus loin. Le genre de baiser où les mains s'enhardissaient, où les inhibitions disparaissaient.

C'était le genre de baiser qu'elle n'avait plus eu depuis le lycée quand elle flirtait avec les limites de la chasteté dans les bras de son petit copain. C'était le genre de baiser qui vous faisait perdre toute lucidité.

Qu'éprouverait-elle si sa peau touchait la sienne ? Si ses mains caressaient ses seins ? Plus bas ?

Elle aurait dû être scandalisée et s'accrocher à la partie rationnelle de son cerveau pour éviter le genre de désastre même qui avait justement motivé son recrutement.

Mais non. Le vin et la sensualité de cet homme lui faisaient perdre la tête. Elle avait été séduite par sa voix dès qu'elle l'avait entendue au bout du fil. Elle avait été séduite par son visage dès qu'elle était descendue de l'avion. Elle avait été séduite par son corps dès qu'elle avait perçu sa chaleur et sa force.

Il la caressait avec art, avec maîtrise, laissant courir ses mains expertes le long de son dos, descendre sur ses hanches pour s'y agripper, la presser contre son désir.

Miri laissa à son tour ses mains l'explorer à travers la barrière des vêtements. Ses doigts trouvèrent les boutons de sa chemise et, avant même qu'elle réalise ce qu'elle était en train de faire, elle se mit à la déboutonner.

Le souffle haletant de Benjamin l'encourageait à poursuivre. En cet instant, il était aussi impuissant entre ses mains qu'elle l'était entre les siennes. Alentour, la tempête et les flammes dans la cheminée grondaient, mais aucune n'égalait la violence du désir entre eux.

Miri savait pourquoi elle était complètement dépassée, submergée par cette vague d'un désir réprimé depuis des années.

Mais Benjamin, pourquoi l'était-il ?

Pourquoi semblait-il aussi impuissant qu'elle à contrôler cette vague de désir, lui dont la vie sexuelle devait être bien remplie avec toutes les femmes splendides qui lui tournaient autour ?

De nouveau, elle sentit l'étau de son bras sur sa taille. Les rugissements du vent, des flammes, et leurs souffles haletants les enveloppaient, renforçant la sensation d'isolement. Ils étaient seuls au monde.

Et Miri comprit enfin ce que les gens voulaient dire, ce que son fiancé avait voulu dire quand il lui avait avoué avoir oublié toutes ses promesses dans le feu de l'instant.

Toucher Benjamin, le goûter, le respirer… l'écouter…

Oh ! mon Dieu !

Elle gémit dans sa bouche.

Au lieu de se laisser simplement dériver dans le plaisir qu'il lui procurait avec ses lèvres, elle prit l'initiative comme jamais elle ne s'en serait crue capable et l'embrassa à son tour passionnément, presque sauvagement.

Étouffant un grondement contre ses lèvres, il la souleva sans effort pour l'asseoir sur lui, face à lui, sa poitrine contre la sienne, les genoux repliés de chaque côté de ses hanches, sa jupe remontée sur ses cuisses.

Sans libérer ses lèvres, il agrippa sa nuque et pressa son sexe contre le sien. Miri vit une explosion d'étoiles derrière ses paupières closes. Benjamin recueillit son cri de plaisir dans sa bouche et continua de se frotter contre elle avec maîtrise, même si elle sentait ses soubresauts de désir à travers le tissu qui les séparait.

Peu importait qu'ils restent tous deux habillés.

Elle s'était mise à nu dès l'instant où ils avaient commencé à parler. Et même bien avant. Depuis qu'il lui avait demandé de faire mieux. Depuis qu'il avait lu en elle.

Elle était si excitée que son corps lui semblait animé d'une vie propre, complètement indépendante de sa volonté et de son esprit. Instinctivement, elle creusa les reins comme une chatte et bougea lentement, délibérément, contre la preuve saillante du désir de Benjamin. Elle sentit sa main se crisper sur sa nuque.

À bout de souffle, ils finirent par rompre leur baiser. Incapables de parler, ils se regardèrent, haletant comme deux ados sur le point d'aller trop loin, jusqu'à ce que Benjamin prenne le visage de Miri entre ses mains et pose le front contre le sien.

Fermant les yeux, ils prirent tous deux une grande bouffée d'air et la relâchèrent lentement. Puis ils rouvrirent les paupières.

— On ne peut pas, Miri, dit-il d'une voix rauque.

Elle le dévisagea. Bien sûr que si ! Ils étaient tous deux adultes et consentants. Personne n'avait le droit de le leur interdire.

Attention, tu risques de te faire virer pour conduite indécente, deux semaines seulement après avoir été embauchée, lui souffla sa conscience.

Prenant brusquement la pleine mesure de ce qui venait

de se produire, Miri eut un mouvement de recul et plaqua les mains sur son visage.

— Miri, je…, commença Benjamin.

Sa voix s'éteignit.

Morte de honte, Miri baissa la tête et entreprit de s'écarter de lui le plus dignement possible, en faisant de son mieux pour tenter d'éviter au maximum le contact entre leurs corps encore tremblants de désir.

Je viens de perdre mon job.

Comme elle se redressait pour réajuster sa jupe, il lui saisit les poignets. Piégée dans les profondeurs marines de son regard, elle se figea.

— Miri. Tout est ma faute. Ce qui vient de se passer n'affectera en rien votre emploi à la fondation.

Une fois de plus, il avait deviné ses pensées. Il avait l'air las, mais son regard qui se voulait rassurant étincelait à chaque fois qu'il dérivait sur ses lèvres ou plus bas.

Il était clair qu'il n'avait pas plus envie qu'elle d'arrêter. Excepté qu'il possédait plus de jugeote et une meilleure maîtrise de soi dans ce domaine.

Miri sentit son estomac se nouer.

Bon sang, elle avait complètement perdu la tête ! Elle avait d'abord fait preuve d'impertinence et d'une trop grande familiarité. Et maintenant *ça*…

Forcément, il allait en conclure qu'elle n'était pas du tout professionnelle. Même s'il n'y avait pour l'instant aucun jugement critique dans le feu bleuté de ses iris.

Il serait allé plus loin si elle n'avait pas été son employée, réalisa-t-elle. Il la désirait. Elle le voyait dans la tension de son corps, dans le frémissement de ses narines, dans ses pupilles dilatées.

Ils s'étaient embrassés, rien d'autre. Un seul et unique baiser entre collègues de travail célibataires. On était loin d'une liaison extraconjugale de longue date. Mais, dans un cas comme dans l'autre, c'était une infraction au règlement de la fondation.

Benjamin Silver n'en parlerait pas. Son regard le lui promettait. Il ne mettrait pas son poste en péril pour cet écart de conduite. Elle devait tout simplement lui faire confiance. Et, de son côté, elle devait à tout prix recouvrer ses esprits et garder la tête froide, le temps que durerait la tempête.

— Ma secrétaire va vous montrer votre chambre, Miri, déclara Benjamin, qui s'était ressaisi. Une bonne nuit de sommeil et cette petite erreur sera oubliée.

Miri hocha la tête comme si embrasser son patron sur un canapé et l'oublier aussitôt après était normal.

— Merci, marmonna-t-elle, tout désir subitement éteint.

Mais, quand la secrétaire arriva pour la conduire à sa chambre – après leur avoir laissé le temps de se réajuster dans un silence de plomb et de redevenir présentables –, Miri ne put s'empêcher de se tourner vers lui.

— Bonne nuit, Benjamin.

Elle n'aurait pas dû employer son prénom – pas quand les braises entre eux ne demandaient qu'un souffle pour s'enflammer. Elle aurait dû quitter la pièce sans se retourner. Mais il ne lui semblait pas normal après ce qu'ils venaient de partager – que ce soit bien ou mal – de le quitter sans un mot.

Et, quand dans son dos sa voix grave l'enveloppa pour glisser sur sa peau, y semant des frissons, elle n'en fut pas surprise.

— Bonne nuit, Miri. Dormez bien.

5

Benjamin se réveilla face à un maelström blanc et avec un violent mal de tête.

Le maelström blanc de l'autre côté des baies vitrées confirmait les prévisions météo de la nuit – la tempête sévissait de plus belle. Conséquence directe, Miri allait rester ici une journée de plus. Peut-être même une nuit de plus.

Quant à sa tête prise dans un étau, elle priait pour que ce ne soit pas une nuit de plus.

Leur baiser de la veille était du genre à pousser un homme à commettre une folie et, puisque ce ne pouvait être avec Miri, il n'avait eu d'autre option que de se rabattre sur un alcool fort pour noyer ses pensées indécentes et faire chuter sa libido. Il avait donc pris ce verre de whisky dont il avait rêvé dans l'après-midi. Si ce n'est qu'il l'avait pris juste un peu plus tard que prévu et après avoir descendu une bouteille de rosé avec son invitée. Après quoi, il lui avait encore fallu quelques verres supplémentaires. Résultat, le mélange d'alcools ne lui valait rien – peu importe qu'ils soient haut de gamme.

Il y avait certaines choses que l'argent ne pouvait vous épargner. La gueule de bois en faisait partie.

Avec précaution, il se redressa en position assise et

plissa les yeux. Il adorait se réveiller chaque matin pour suivre la montée du soleil au-dessus des arbres, voir les montagnes se teinter d'or pourpre et leurs sommets s'enflammer pour éclairer le ciel.

Mais ça, c'était en temps normal. Pas quand il se réveillait avec une gueule de bois mémorable, au milieu d'une tempête de neige d'une rare violence. Les flocons tourbillonnaient dans tous les sens, balayés par le vent, réduisant la visibilité à zéro. De toute évidence, il n'y aurait pas d'éclaircie de sitôt. Voire d'ici plusieurs jours.

Bon sang ! Qu'allait-il faire de Miri ?

Aussi sensuelles que soient les idées qui lui traversaient l'esprit, elles ne lui étaient d'aucun secours. C'était le genre de choses qu'il ne pouvait pas faire avec son invitée.

La veille, un curieux mélange de vin, de nostalgie et de confession les avaient conduits en territoire interdit. La situation entre eux avait dérapé, mais pas autant qu'elle aurait pu. Ils avaient tout de même fait preuve de retenue.

Une retenue admirable, *vraiment*, si l'on considérait qu'ils étaient isolés par la neige, loin des regards de ceux qui pourraient s'en offusquer et qu'il y avait entre eux une indéniable attirance.

Le seul obstacle était de savoir si, oui ou non, ils étaient capables de garder un secret. Tout compte fait, ils n'auraient peut-être pas dû manifester *tant* de retenue. Ce matin, il serait sans doute en meilleure forme – en tout cas, pas plus mal.

Il ne pouvait cependant prendre un tel risque après le scandale qui venait de secouer la fondation. La priorité était de protéger sa réputation. C'était dans cet unique but qu'il avait demandé à Miri de le rejoindre. Il ferait bien de s'en souvenir.

Il devait tout à la fondation. C'était elle qui avait créé

l'association ayant permis son adoption. C'était encore elle qui avait financé ses études supérieures dans les plus prestigieuses universités. Alors, quand il avait fait fortune, c'est à la fondation qu'il avait donné de l'argent. Et, quand il était devenu un dirigeant très convoité par les conseils d'administration, c'est tout naturellement à la fondation qu'il avait offert de son temps.

La reconnaissance qu'il lui devait et sa participation à son bon fonctionnement étaient une raison suffisante pour qu'il garde ses mains et sa bouche loin de Mlle Howard.

Miri.

Sa conscience corrigea aussi sec sa tentative de mise à distance. Son prénom était passé en mode automatique.

Il adorait sa sonorité, la façon dont il glissait sur sa langue.

Ce n'était plus Mlle Howard – la nouvelle recrue chargée de sauver le gala. C'était *Miri* – une femme qui aimait les *soufganiyot*, le rosé, et qui avait un goût de vanille.

Il adorait aussi l'entendre prononcer son prénom de sa voix veloutée. Chaque fois, il résonnait à ses oreilles comme un aperçu de ce que ce serait si elle le murmurait dans un soupir de plaisir. Et l'associer au baiser qu'ils avaient partagé le laissait dans un état de désir presque douloureux.

La veille, il avait prévu de lui accorder seulement deux heures de son temps. Pas plus. Maintenant, il était question de jours entiers à passer à ses côtés, alors même qu'il avait un logiciel à concevoir.

Il aurait déjà dû se mettre au travail. Au lieu de ça, il était en train de réorganiser mentalement sa journée pour remplir son rôle d'hôte. Il avait promis de rendre son séjour agréable. Il tiendrait sa promesse.

C'était certes déplacé, mais il lui avait déjà fait passer

un moment *très* agréable. Son invitée n'aurait pas réagi avec autant de fougue si le baiser ne lui avait pas plu.

À présent, il lui fallait respecter ses intentions initiales, la séduction n'étant pas au programme. Il allait se démener pour que Mlle Howard ne meure pas de faim et d'ennui pendant tout le temps que durerait la tempête.

Ils étaient tous deux suffisamment responsables pour rester dans le droit chemin. Évidemment, ce serait plus facile s'il n'y avait pas eu leur petit écart de la veille. La façon dont son corps avait épousé le sien, le satin de sa peau sous ses doigts...

Stop !

Il ne devait plus y penser.

Difficile, mais pas impossible quand on s'appelait Benjamin Silver.

Et il devait d'abord songer à nourrir son invitée.

Un appel à sa secrétaire par le système d'Interphone intérieur lui confirma que Mlle Howard n'avait toujours pas pointé le nez hors de la chambre d'amis. Il demanda qu'un brunch soit préparé pour deux dans la salle de réception.

L'immense table leur éviterait ainsi une trop grande proximité. Ils pourraient manger et bavarder sans risque de dérapage.

Miri était étendue dans une semi-obscurité, les yeux rivés sur le plafond.

Ils s'étaient embrassés. Faux. Ils ne s'étaient pas embrassés. Ils s'étaient dévorés, pressés l'un contre l'autre, sur le canapé devant la cheminée, comme un couple en pleine lune de miel.

Et maintenant elle était morte de honte. Si elle avait

pu sortir d'ici par la fenêtre pour héler un taxi et rentrer chez elle, elle aurait filé sans dire au revoir.

Malheureusement, il n'y avait pas d'autre issue que de passer par le propriétaire des lieux. Par conséquent, elle était bloquée dans cette chambre, car elle n'aurait jamais le courage de le regarder en face. Comment pourrait-elle le regarder dans les yeux, alors que la veille elle gémissait dans sa bouche ?

Plaquant les mains sur son visage, elle poussa un soupir désespéré.

Comment ai-je pu faire un truc aussi stupide ?

Benjamin Silver était son patron, le président d'une importante fondation qui ne s'était pas encore remise du scandale provoqué par la liaison entre deux de ses responsables. Et elle n'avait rien trouvé de mieux que de se jeter à son cou !

Jamais elle ne s'était comportée de façon aussi dévergondée. À l'université, elle s'était contentée de draguer dans les fêtes étudiantes, sans jamais aller plus loin qu'un simple baiser en fin de soirée, à la porte de sa chambre. Et, comme la plupart des gars avaient du mal à accepter les limites qu'elle fixait en matière d'intimité, ils avaient tendance à disparaître du paysage avant même qu'elle soit prête à passer à la vitesse supérieure.

Elle refusait cependant tout compromis. Elle avait établi des règles. Or, les règles n'ont de valeur que si elles sont respectées. Mais, la veille, elle les avait piétinées. Elle avait parlé avec son patron de choses intimes qu'elle n'avait jamais confiées à personne. Et elle s'était conduite de façon si indécente qu'il ne devait plus voir en elle qu'une pauvre fille en manque affectif, à la moralité plus que douteuse.

Et, jusqu'à ce que la météo se soit calmée, elle était

coincée avec lui – sans possibilité d'échapper au jugement dans son regard de glace.

La tempête est peut-être passée ? souffla une petite voix sous son crâne.

Sur sa corde élastique, l'espoir de Miri remonta. Benjamin Silver était un homme très occupé, qui avait initialement prévu de lui accorder seulement deux heures de réunion pour l'organisation du gala. Alors, si la tempête s'était calmée pendant la nuit, il s'était certainement remis au travail et n'avait pas l'intention de perdre une minute de plus avec elle. Peut-être avait-il déjà demandé à sa secrétaire d'organiser son rapatriement sur Los Angeles.

Il ne lui était pas interdit de rêver. Il ne lui était pas non plus interdit de se lever et d'ouvrir les rideaux pour découvrir ce qui l'attendait.

Évidemment, si la tempête était toujours là, sortir de ce lit serait un premier pas vers l'inéluctable confrontation avec Benjamin Silver.

Impossible d'y échapper.

Miri gémit. Bon sang, mais à quoi avait-elle pensé ? La réponse était simple – à rien.

Elle n'avait pas pensé une seconde à la précarité de son poste, ni au scandale à l'origine de son recrutement, ni aux règles qu'elle s'était fixées. Elle avait oublié toute prudence et toute retenue – avec les beignets, avec le vin et avec son patron. Elle lui avait parlé de choses dont elle ne discutait d'ordinaire avec personne et s'était comportée comme elle n'aurait jamais osé le faire.

Hier, ils s'étaient rencontrés pour la première fois, et la nuit n'était pas encore tombée qu'ils se pelotaient comme des fous sur un canapé. En dehors des ados, qui se comportait ainsi ? Elle n'avait même jamais fait ce genre de choses quand elle *était* ado.

Miri ferma les yeux et inspira lentement. Rester au lit ne ferait que retarder l'inévitable. Si elle voulait rentrer chez elle, elle allait devoir assumer et affronter le regard de Benjamin Silver. Or, elle n'avait qu'une envie – rentrer chez elle.

Chez elle, elle pourrait se lamenter sur son comportement insensé et irresponsable. Chez elle, elle pourrait essayer de se convaincre que son patron n'en parlerait pas et que leur petit secret tomberait dans l'oubli.

Oui, ce serait plus facile chez elle, quand elle se serait changée pour enfiler des vêtements qui ne porteraient plus trace du parfum de Benjamin Silver.

Chez elle, elle pourrait oublier toute cette histoire – mais aussi en revivre chaque détail dans l'intimité de son appartement de poche, loin de l'homme qui en était l'épicentre.

Avec un soupir résigné, elle repoussa la couette et posa les pieds sur le tapis, savourant malgré elle la douceur de la laine sous ses orteils.

Elle baissa les yeux sur son caraco. Sans tenue de rechange, elle l'avait gardé pour dormir, et il était tout froissé. Normal. Elle avait passé la nuit à se tourner et à se retourner dans le lit, souhaitant tour à tour qu'ils se soient arrêtés plus tôt, puis qu'ils ne soient pas arrêtés...

Arrête de ruminer.

S'avançant vers la fenêtre, elle prit une profonde inspiration et ouvrit les rideaux. Ce ne fut pas le soleil qui la fit grimacer mais le spectacle des tourbillons de neige. Le blizzard ne s'était pas apaisé. Les congères de neige qu'il avait formées autour du chalet avaient seulement étouffé les mugissements du vent.

Elle ne rentrerait pas à Los Angeles aujourd'hui. Elle était condamnée à passer encore quelque temps avec

Benjamin Silver. À cette idée, elle sentit aussitôt une chaleur traîtresse envahir son visage.

Pressant les mains sur ses joues, elle poussa un gémissement. Tout était sa faute.

J'aurais dû me contrôler, contrôler ce que je disais, contrôler mon corps... Stop !

Se lamenter était une perte de temps. Tout comme se terrer dans cette chambre pour retarder l'inéluctable. Elle ferait mieux de s'habiller et de remettre un peu d'ordre dans sa chevelure. Malheureusement, sans son fer à lisser, c'était mission impossible.

Elle passa dans la salle de bains, alluma la lumière et jeta un coup d'œil dans le miroir sur sa chevelure emmêlée et son caraco froissé. La veille, elle avait débarqué avec son look professionnel habituel – jolies mèches brunes encadrant son visage pour retomber sur ses épaules. Mais dans la nuit sa chevelure soigneusement domptée avait déclaré forfait. Son crâne arborait maintenant une masse confuse de boucles bien rebondies. Elle avait l'air d'être passée dans une machine à laver. Pas vraiment idéal pour avoir confiance en soi et se donner du courage.

Avec un soupir, Miri enfila ses vêtements de la veille et s'efforça de discipliner sa chevelure à l'aide d'épingles à cheveux récupérées au fond de son sac. Elle était en train de se brosser les dents avec le kit de toilette pour invités, quand un coup frappé à la porte la fit sursauter.

— Une minute, dit-elle.

Ce faisant, un filet de dentifrice glissa de sa bouche le long de son menton, jusque sur le devant du chemisier en soie ivoire, laissant une longue trace blanche dans son sillage.

— Flûte ! marmonna Miri en attrapant une serviette pour tenter de réparer les dégâts.

Vite, elle frotta le tissu avec un peu d'eau et ôta les résidus de dentifrice, mais le mal était fait. Une traînée blanche subsistait. Elle n'avait pas le temps d'arranger ça.

Elle courut ouvrir la porte.

— Désolée, j'étais dans la salle de bains, dit-elle, le souffle court.

Au garde-à-vous sur le seuil de la chambre, la secrétaire de Benjamin Silver la détailla d'un rapide coup d'œil, mais s'abstint de tout commentaire.

— Un repas est servi dans la grande salle à manger. Au bout de ce couloir, prenez l'escalier pour descendre au rez-de-chaussée, puis sur la gauche. Vous pensez pouvoir y aller seule ?

Intimidée, Miri acquiesça d'un hochement de tête. Un petit sourire se dessina sur le visage sévère de la secrétaire.

— Parfait. M. Silver vous attend.

Après quoi, elle tourna les talons et partit.

Figée dans l'embrasure de la porte, Miri la suivit des yeux, puis rassembla son courage pour affronter la journée.

On ne faisait pas attendre M. Silver.

Benjamin parcourut du regard la longue table de la salle de réception. Le brunch était à la hauteur de la promesse faite à son invitée imprévue. Quelle que soit la durée de son séjour, il mettrait tout en œuvre pour le lui rendre agréable.

Ayant grandi à Los Angeles, il était amateur de fruits et de légumes frais. Il avait fait installer sur le domaine une serre dernier cri, gérée par une équipe de jardiniers hors pair. Et, depuis le temps qu'il vivait dans le Colorado, il avait passé des contrats avec des éleveurs locaux lui assurant des produits de qualité.

Ce matin ne dérogeait pas à la règle – omelette au fromage de chèvre et au basilic, assiettes de fruits frais, avocats, toasts, saumon fumé, saucisses, champagne et jus d'orange fraîchement pressé. Une desserte proposait du café et du thé.

Quelles que soient ses préférences alimentaires, son invitée trouverait forcément quelque chose à son goût.

Au lieu de s'asseoir à table, il alla rajouter une bûche dans la cheminée, puis se posta devant la baie vitrée et contempla la tempête qui continuait de faire rage. La neige tombait à gros flocons tourbillonnant sous les bourrasques. Même si le blizzard était rarement aussi violent, la neige était un élément de son quotidien quand il était dans le Colorado.

Pas Miri.

Il vivait seul la plupart du temps – ici ou en Californie.

Au fil des ans, qu'il se soit entouré de tout un tas de monde s'était avéré de moins en moins efficace pour dissimuler le fait qu'à la fin de la journée les seules personnes qui s'intéressaient véritablement à lui, c'étaient les actionnaires.

Les gens avaient tort de dire qu'on se sentait seul quand on atteignait les sommets de la réussite. En réalité, on se sentait seul où qu'on soit quand on n'avait plus de famille.

Mais ici, en pleine forêt, au cœur des montagnes, la solitude était moins pesante. Elle pouvait même offrir un sentiment de paix. Être seul lui semblait normal. Ce qui ne l'empêcha pas de se retourner à la seconde où le bruit des talons de Miri résonna sur le parquet.

Elle portait ses vêtements de la veille, mais elle avait changé de coiffure. La masse de boucles brunes, retenues en arrière par des épingles à cheveux, formait une auréole autour de son visage tout en dévoilant ses jolies oreilles et lui donnait l'air d'une princesse médiévale.

Elle était d'une beauté aussi saisissante que la veille, mais plus douce. À moins que cette impression de douceur n'ait rien à voir avec sa coiffure et tout à voir avec le souvenir de son corps entre ses bras. Il mourait d'envie de la caresser, de la goûter une fois de plus. Il mourait d'envie de lui offrir à nouveau un délicieux moment. Pas avec un bon petit déjeuner, mais avec sa bouche et ses mains.

Aujourd'hui, cependant, pour cette deuxième journée consécutive qu'ils allaient passer ensemble, il n'était pas question de récidive mais plutôt de réinitialisation, histoire de repartir du bon pied.

Il devait garder les idées claires et les mains dans ses poches, et se mettre dans la tête une bonne fois pour toutes qu'il n'avait pas le droit de désirer Mlle Howard, même si elle était toujours terriblement attirante.

— Bonjour, dit-il avec un sourire en indiquant la table d'un geste de la main. Aussi délicieux qu'aient été les beignets, hier soir, j'ai pensé qu'un vrai repas serait le bienvenu.

Autant aborder directement le sujet délicat et dissiper ainsi au plus vite – il l'espérait – toute gêne que pourrait éprouver Miri.

Elle avait dû passer la nuit à se ronger les sangs. Pas parce qu'ils dormaient dans des chambres séparées, mais parce qu'elle avait fricoté avec son patron alors même qu'elle venait d'être recrutée pour faire oublier le scandale d'une liaison entre deux employés de la fondation. Réaction normale de la part de Mlle Howard. C'était une fille intelligente qui tenait à conserver son job.

Cependant, il aimait aussi la première option – l'idée qu'elle ait pu passer la nuit à se languir de désir pour lui…

— Bonjour. Tout cela semble délicieux, dit-elle avec une sorte de politesse machinale, signe d'une éducation à l'ancienne.

Mais, quand son regard s'attarda sur la bouteille de champagne, elle haussa les sourcils et retrouva son impertinence.

— Je vois que vous êtes passé du rosé au champagne.

En d'autres circonstances, il aurait répondu qu'il fallait bien guérir le mal par le mal, mais comme elle ignorait qu'il n'avait pas bu que du rosé hier soir après son départ – ni pour quelle raison – il se contenta de déclarer avec un demi-sourire :

— Champagne et jus d'orange fraîchement pressé se marient divinement.

Elle lui décocha un coup d'œil amusé, puis leva les yeux au ciel, et Benjamin fut content de voir qu'elle n'avait rien perdu de sa spontanéité malgré leur petit écart de la veille.

Ils pouvaient tous deux se comporter en adultes responsables et continuer d'échanger de façon cordiale et informelle, tout en gardant une distance courtoise.

— Réponse typique d'un homme plein aux as, se moqua Miri, confirmant son jugement. Les gens normaux ne boivent pas de champagne à tous les repas.

Il lui lança un regard faussement blessé, avant de sourire.

— C'est vrai. Les gens normaux ne boivent pas assez de champagne. On devrait davantage parler de ses effets bénéfiques pour la santé.

Miri éclata de rire. Un rire aussi chaud et crépitant que le feu dans la cheminée.

Le sourire de Benjamin s'élargit. C'était son programme pour la journée – ne pas laisser son invitée mourir de faim et la faire rire. Éviter les confessions et les sujets qui tourmentent. Bavarder et manger, et peut-être même travailler un peu à l'organisation du gala avec Mlle Howard, même si celle-ci avait désormais son aval et les renseignements nécessaires pour réussir le job. Ensuite, la tempête de neige finirait par s'apaiser, et il pourrait la renvoyer chez elle.

D'accord, ils avaient franchi certaines limites, mais rien de bien grave – un faux pas, une entorse timide au règlement.

Timide. Sa conscience protesta, mais il la fit taire.

Même si le corps de Miri entre ses mains s'était révélé d'une sensualité bien plus explosive que prévu, en réalité il s'agissait d'un simple baiser.

Un baiser qu'il saurait repousser s'il le fallait.

Il possédait une volonté de fer, clé de sa réussite professionnelle – il était capable de revenir plusieurs fois sur une ligne de codage ou un problème d'ingénierie jusqu'à ce qu'il trouve la solution. La veille, c'était cette même volonté de fer qui lui avait permis de ne pas aller plus loin avec Miri, alors qu'au contact de ses lèvres contre les siennes son corps s'était embrasé.

Elle était si réceptive, si fougueuse, si brûlante, qu'il avait du mal à faire taire la petite voix qui lui soufflait que c'était idiot d'avoir laissé échapper une telle occasion.

Une occasion qui n'aurait jamais dû se présenter, se sermonna-t-il mentalement. Il n'aurait pas dû l'obliger à venir à Aspen. Le chalet était trop isolé, l'ambiance trop intime.

Pour être créatif dans son travail, il avait besoin d'un espace dans lequel il pouvait être lui-même, se libérer l'esprit et laisser libre cours à ses idées. Cet espace, c'était ici, chez lui. À l'écart du monde. En pleine montagne. Il s'y sentait tellement bien qu'il avait oublié à quel point c'était risqué d'autoriser quelqu'un à pénétrer dans son sanctuaire.

Ici, il pouvait baisser la garde. Il en avait besoin pour être lui-même et rester créatif. Mais, s'il baissait la garde, il lui était difficile de résister à Miri, à son charme si singulier, à sa beauté, à son rire et à son impertinence.

Or, il était indispensable qu'il résiste. Pas seulement parce qu'elle *était* son employée. Mais parce qu'il ne voulait pas du genre de relation que créait cette sensation de douceur et de complicité.

Il appréciait la compagnie des femmes – des femmes au caractère bien trempé qui ne cherchaient pas plus que lui à se caser et considéraient le sexe comme une chose naturelle, une délicieuse aventure sans lendemain.

Contrairement à Miri, il n'avait aucune envie de remplacer la famille qu'il avait tant aimée et qui lui manquait encore cruellement aujourd'hui.

Enfant, il avait perdu non pas une, mais deux familles.

Ses parents biologiques, il les avait perdus dans un accident de la route quand il avait à peine quatre ans. D'eux, il ne conservait que de vagues souvenirs, les images floues d'un homme et d'une femme, un parfum qui les lui rappelait. La blessure causée par cette perte avait cicatrisé et ne l'affectait presque plus aujourd'hui.

Mais, la seconde fois – quatorze ans plus tard, quand ses parents adoptifs avaient disparu à leur tour –, la souffrance avait été telle qu'elle lui avait ôté toute envie de bâtir une autre famille.

Il ne voulait plus jamais revivre la perte des êtres aimés. Il voulait profiter des fruits de son travail en paix. Il n'inviterait donc plus jamais personne à Aspen. Son chalet redeviendrait son sanctuaire privé. Pas question de prendre le risque de laisser entrer dans sa vie des sentiments dont il ne voulait plus.

Pourtant, hier soir, quand Miri était partie se coucher

et qu'il s'était retrouvé seul, avec la boîte de beignets et son verre de vin vides, il avait regretté de ne pas l'avoir emmenée dans sa chambre.

Hier soir, il avait apprécié sa compagnie. Mais aujourd'hui il devait se souvenir qu'il n'avait pas le droit. Apprécier la compagnie de Miri au-delà des limites du brunch qu'ils étaient en train de partager ou d'une réunion de travail pourrait faire perdre son poste à la jeune femme.

Et il tenait déjà suffisamment à elle pour refuser une telle éventualité.

Ils mangeaient dans une relative sérénité, savourant le festin sur la table, tout en contemplant la neige qui continuait de tomber à gros flocons balayés par de furieuses rafales de vent.

— La tempête ne semble pas vouloir se calmer, observa Miri.

Benjamin hocha la tête.

— Les bulletins météo ne prévoient pas d'accalmie pour le moment.

Captivée par le spectacle, Miri humidifia ses lèvres.

— C'est incroyable. Toute cette neige... On dirait que le monde entier a disparu.

Elle avait raison. C'était comme si le monde se réduisait désormais au chalet et qu'ils étaient les seuls habitants sur Terre, songea Benjamin en contemplant lui aussi le déchaînement des éléments.

S'arrachant à la vue hypnotique de la tempête, Miri désigna son assiette vide.

— Tout était délicieux. Digne d'un restaurant gastronomique, déclara-t-elle en se renversant contre le dossier de sa chaise, une coupe de champagne à la main. Merci.

— Content que cela vous ait plu. Je ferai passer le message.

Miri jeta un regard circulaire sur la salle à manger. Comme tout le reste du chalet, la pièce était immense, le bois dominait, et les baies vitrées s'élevaient du sol au plafond.

— Il faut du personnel pour préparer un repas comme celui-ci. Pourtant, je n'ai aperçu personne, excepté votre secrétaire.

Benjamin haussa les épaules avec un sourire.

— La propriété est étendue, et j'emploie très peu de gens, mais ils sont efficaces.

— Vous aimez avoir de l'espace, n'est-ce pas ? questionna Miri, les ramenant imprudemment sur le dangereux territoire des confidences personnelles.

Était-ce volontaire de sa part ? Benjamin en doutait. Elle voulait juste faire la conversation. Mais c'était aussi en faisant la conversation qu'ils avaient fini par s'égarer, la veille.

— Los Angeles est une ville très étendue dans laquelle les hommes occupent tout l'espace, répondit-il en prenant garde de ne pas tomber dans le piège du détail intime. Ici, c'est tout le contraire. Un environnement naturel immense dans lequel l'homme n'occupe qu'un espace restreint. Là où est sa place.

— Là où est sa place ?

Croisant son regard surpris, Benjamin s'autorisa à plonger un instant dans l'éclat doré de ses prunelles, avant de préciser :

— Disons plutôt, là où la nature rappelle à l'homme qu'elle est toute-puissante. Aucun être humain, qu'il soit riche, célèbre ou puissant, qu'il soit aimé ou adulé, n'est plus grand que ce qui nous entoure.

Désignant la tempête dehors et les centaines de milliers d'arpents de montagne et de forêt qu'elle cachait, il ajouta :

— Ni ne possède le moindre contrôle dessus.

La tempête était un exercice d'humilité pour un homme tel que lui, habitué à tenir le monde entre ses mains.

L'absence de contrôle était cependant une leçon apprise il y a longtemps avec la perte accidentelle de ses parents biologiques, puis de ses parents adoptifs quelques années plus tard.

La mort aussi vous enseignait l'humilité.

À Los Angeles, il était facile de croire qu'il suffisait d'avoir de grands rêves, de l'ambition et de l'argent pour obtenir les pleins pouvoirs sur la nature et la vie. Mais c'était faux.

Personne ne contrôlait vraiment quoi que ce soit. Il suffisait d'un caprice du destin pour qu'une vie tout entière bascule du jour au lendemain.

Californienne jusqu'au bout des ongles, Miri en était-elle seulement consciente ? Sa réponse ne lui apprit pas grand-chose.

— Votre vision des choses est assez surprenante. Je vous imaginais plutôt en « roi de la montagne ».

Benjamin secoua la tête.

— La femme qui m'a élevé se retournerait dans sa tombe à l'idée que je puisse faire preuve d'une telle arrogance. Hippie des années 1960, elle avait un profond respect pour tout ce qui touchait à la nature. Je vous le répète, je n'ai pas toujours été riche.

Miri haussa les sourcils.

— Difficile de croire que vous ayez pu faire partie des gens normaux.

Benjamin haussa les sourcils à son tour.

— Et pourtant. J'étais un gars tout ce qu'il y a de plus ordinaire.

— J'en doute. Vous êtes né et vous avez grandi dans un milieu bourgeois. C'est écrit sur votre visage.

— Si, par bourgeois, vous voulez dire que j'ai fréquenté d'excellentes écoles, je ne le nie pas.

Miri laissa échapper un petit reniflement.

— Je parle d'écoles *privées* et d'une voiture neuve en cadeau pour vos seize ans. Vous avez certainement été gâté et vous n'en êtes même pas conscient.

Benjamin éclata de rire, mais une ombre traversa son regard.

Oui, il avait été gâté, et même - dans une certaine mesure - au sens matériel, comme elle l'entendait.

Mais il avait surtout été comblé d'amour et d'affection.

Ce n'était pas quelque chose dont pouvaient se vanter beaucoup d'orphelins ayant perdu leur famille à deux reprises. Et c'était d'autant plus douloureux de se remémorer les bons moments.

— Je suis tout à fait conscient de ma chance, dit-il sans perdre son sourire, malgré l'étau sur son cœur. Mais ma première voiture était d'occasion. C'était une vieille Subaru que ma mère a accepté de me laisser conduire uniquement parce que l'*Auto-Journal* lui avait octroyé la cote de sécurité maximale.

Miri éclata de rire. Un rire franc et sonore qui résonna dans le corps de Benjamin, desserrant aussitôt l'étau autour de son cœur.

— J'ai du mal à vous imaginer au volant d'une vieille Subaru !

— Pire, c'était un break avec panneaux en bois. Imaginez le sex-appeal du gars maigrichon, qui va à son cours d'informatique au volant de son tank en bois.

Miri secoua la tête en levant une main.

— Stop ! C'est trop affreux.

— Je ne vous le fais pas dire. L'image même du charme de l'adolescent américain.

— Félicitations pour le chemin parcouru ! Vous revenez de loin, M. Silver. Vous vous en êtes bien sorti, répliqua Miri, l'œil espiègle, reprenant ses mots de la veille quand il avait appris qu'elle avait échappé de justesse à un mariage calamiteux.

Benjamin était content qu'elle l'ait bien pris. Elle était intelligente, elle avait de l'humour et de la volonté – tout ce que son père lui avait conseillé de rechercher chez une femme.

Ces dernières vingt-quatre heures, il avait souvent pensé à ses parents, à leur amour et à leur conception de la vie. Pourquoi ? Était-ce à cause de Miri ? Ou simplement parce que c'était Hanouka ?

D'habitude, il s'évertuait à garder enfouis les souvenirs et la tristesse qu'ils éveillaient en lui. Pourtant, malgré l'amertume, il y avait quelque chose d'agréable dans la façon dont Miri les ramenait à la surface.

Il hocha la tête.

— C'est vrai, je m'en suis bien sorti.

Le regard de Miri se fit soudain plus grave, déclenchant chez lui une alarme.

— Ils vous manquent, n'est-ce pas ? Vos parents.

Il ne lui vint pas à l'esprit de nier, bien que son signe de tête fût à peine perceptible.

Évidemment qu'ils lui manquaient. Difficile de prétendre le contraire. Mais il avait surmonté la douleur, ramassé les morceaux et en était ressorti plus fort parce qu'il avait survécu. Il n'avait pas renoncé à ses projets, à l'avenir, à la vie. Il avait trouvé le moyen de se construire une existence agréable et d'être à nouveau heureux, même si sa solitude était aussi impénétrable que la tempête.

D'une certaine façon, tout le monde était seul.

— C'est vrai, ils me manquent, reconnut-il. Mais avec le temps la peine finit par s'estomper, et je reconnais que je m'en suis plutôt bien sorti pour un gars ayant débuté au volant d'un antique break Subaru. Cela dit, aussi positive que soit mon histoire personnelle, elle est ennuyeuse à entendre.

Miri retrouva son sourire espiègle.

— Sauf aux oreilles de ceux qui n'ont pas encore trouvé la formule pour réussir dans la vie.

— Vous êtes de ceux qui la cherchent ? Je peux vous la donner gratuitement. C'est simple. Se retrancher chez soi durant des années, bosser comme un malade sur un projet susceptible de vous rapporter beaucoup d'argent et n'avoir personne à qui rendre des comptes. Bref, vivre en ermite accro au travail.

— Au moins, vous êtes honnête avec vous-même, commenta Miri en riant.

— Être honnête commence avec soi-même, répliqua Benjamin en accrochant son regard.

Elle déglutit, rougissante.

— Très juste. L'honnêteté, c'est d'abord reconnaître ce que nous sommes.

Sa voix avait légèrement vacillé sur les derniers mots, et il sut qu'elle pensait à ce qui s'était passé entre eux, la veille.

Son pouls s'accéléra. S'humectant les lèvres du bout de la langue, il ajouta en la regardant droit dans les yeux :

— Et ce que nous voulons.

Miri battit des paupières, s'éclaircit la gorge et fut la

première à rompre le contact visuel en baissant le regard sur son assiette.

— Heureusement, nous voulons la même chose. Je... Je parle du gala, bien sûr, précisa-t-elle avec une fausse légèreté.

Pour la première fois depuis leur rencontre, elle trébuchait sur les mots.

6

— Vous n'auriez pas par hasard une pièce pleine de vêtements dans toutes les tailles comme chez les milliardaires dans les films ? s'enquit Miri en baissant les yeux sur la tache de dentifrice qui ornait le devant de son chemisier, alors qu'ils sortaient de la salle à manger.

— Malheureusement, non, répondit Benjamin. Dans ma propriété de Pacific Palisades, je loue les services d'une styliste qui veille à entretenir une garde-robe dans laquelle les invités peuvent se servir. Ici, je ne reçois pas.

Dans sa propriété de Pacific Palisades !

Waouh ! Il possédait une maison là-bas ?

Pacific Palisades n'était pas le quartier le plus luxueux de Los Angeles, mais c'était celui que Miri préférait.

— Tant pis. Ce n'est pas grave, je peux porter ma tenue une journée de plus.

Benjamin tourna vers elle un regard songeur.

— Je n'ai pas de vêtements de marque à vous proposer, mais j'ai d'autres options moins traditionnelles.

— Ah oui ? Quoi par exemple ?

— La dernière fois que j'ai utilisé le spa, j'y ai découvert un stock quasi inépuisable de peignoirs.

Miri éclata de rire.

— Merci pour votre offre, mais franchement non. Je

ne me vois pas circuler en peignoir dans le blizzard. Ce n'est pas très adapté.

Sans compter que l'idée d'être près de lui, en tenue d'Ève sous un peignoir, déclenchait le genre de sensations qu'elle s'efforçait d'oublier.

Un sourire réchauffa le regard bleu posé sur elle.

— Logique. Dans ce cas, voici ma seconde option : je crois qu'il me reste quelques vieux vêtements de l'époque du lycée, qui pourraient vous aller. En tout cas, mieux que ceux de ma garde-robe actuelle. J'ai beaucoup grandi depuis et je me suis étoffé, ajouta Benjamin avec une lueur coquine dans le regard, à laquelle Miri ne put s'empêcher de répondre.

— Il me semble que je suis plus *étoffée* qu'un adolescent maigrichon, répliqua-t-elle avec impertinence. Et je ne suis pas petite.

Le sourire de Benjamin s'élargit.

— Même si vous êtes grande, j'ai tout de même une bonne tête de plus que vous.

Miri était fière de sa taille au-dessus de la moyenne, qui lui permettait de regarder la plupart des hommes les yeux dans les yeux.

Sauf Benjamin.

Comme il venait de le souligner, il la dépassait d'une bonne tête. Et, pour être franche, sa haute taille et ses épaules larges faisaient partie des aspects physiques qu'elle admirait chez un homme.

Cela dit, jusqu'ici, elle n'avait pas vraiment pris le temps d'admirer des hommes. Entre ses études, la course aux diplômes, l'acquisition de son indépendance, la recherche d'un emploi et son obstination à progresser aussi lentement qu'un escargot dans le domaine sentimental, elle n'était sortie que très épisodiquement et très brièvement avec des garçons.

C'était trop compliqué d'apprendre à connaître quelqu'un tout en jonglant avec tout le reste. Et, maintenant qu'elle avait décroché un emploi, elle avait un gala à organiser.

Elle se préoccuperait de sa vie sentimentale une fois sa carrière professionnelle assurée. Elle pourrait alors prendre le temps d'essayer de faire confiance à quelqu'un.

Mais pas maintenant.

Et certainement pas avec Benjamin Silver. Même s'il avait le physique idéal.

C'était un homme pressé, tandis qu'*elle* avait besoin de prendre son temps. De toute façon, Benjamin Silver appartenait à une catégorie d'êtres humains inaccessibles.

Cela dit, porter de vieux vêtements lui appartenant n'était pas incompatible avec ce constat. Il s'agissait même d'une solution pragmatique et raisonnable compte tenu des circonstances.

— D'accord. Si vous pensez que je peux entrer dedans, je ne dis pas non, lança-t-elle avec un sourire un peu trop grand.

Il hocha la tête avec un sourire aussi forcé que le sien – ainsi qu'une étrange lueur dans son regard bleu nuit – et, changeant de direction, l'invita à le suivre.

Miri hésita une fraction de seconde.

Tu n'as pas à craindre qu'il se passe quoi que ce soit entre vous, se rassura-t-elle.

Ils étaient suffisamment adultes pour savoir faire la différence entre un moment d'égarement et une véritable attirance. Aujourd'hui, ils ne franchiraient pas les limites. Aujourd'hui, ils avaient instauré entre eux une distance convenable – sociale et professionnelle. Aujourd'hui, ils n'étaient pas assis côte à côte sur un canapé, devant la cheminée, un verre de vin à la main.

Aujourd'hui, c'était différent. Ils pouvaient tirer un trait sur ce qui s'était passé la veille. À présent, tout ce dont elle devait s'inquiéter, c'était de savoir quand la tempête de neige allait enfin se calmer.

Miri avait cependant de plus en plus de mal à s'accrocher à cette conviction tandis qu'elle suivait Benjamin en haut d'un escalier en bois accédant aux combles et qu'il lui tendait un sweat-shirt vert, déniché dans l'un des cartons qu'il venait d'ouvrir.

— C'est celui de ma semaine d'intégration en dernière année de lycée, précisa Benjamin, l'esprit visiblement ailleurs, en contemplant le sweat-shirt. Ma mère gardait tout, murmura-t-il.

Miri s'abstint de lui faire remarquer qu'il semblait lui aussi conserver tout ce que sa mère avait gardé. Elle prit le sweat-shirt et caressa le logo du lycée brodé en lettres dorées sur le devant.

Un seul autre homme lui avait un jour offert son sweat-shirt d'intégration – bien qu'en toute objectivité elle ne soit pas certaine qu'il soit exact de considérer son ex-fiancé comme un homme. Il avait à peine dix-neuf ans quand ils avaient rompu. Elle portait à l'époque son sweat-shirt avec fierté en ville, à la maison – partout où elle allait.

Pressant celui de Benjamin entre ses doigts, elle se souvint de la texture et du moelleux de cet autre sweat-shirt, mais ce n'était pas le visage de son amour d'adolescence qui lui venait à l'esprit. C'était celui de Benjamin qui s'inclinait vers elle pour l'embrasser.

S'arrachant une fois de plus au souvenir de la veille, Miri dit d'une voix douce :

— Votre maman devait être fière de vous.

Tout en continuant de fouiller dans les cartons, Benjamin hocha la tête sans relever les yeux.

— Mes parents étaient tous les deux très fiers de moi. Peut-être trop.

La légèreté dans son ton avait soudain laissé place à une étrange gravité.

Miri fronça les sourcils.

— Leur fierté vous mettait la pression ?

Cette fois, Benjamin cessa de farfouiller dans les cartons et releva les yeux sur elle, comme s'il réalisait brusquement la tournure prise par leur conversation.

— Non, répondit-il calmement. Au contraire, leur fierté avait quelque chose de rassurant. Elle me donnait confiance en moi. Mais c'est à cause d'elle qu'ils sont morts. Le bateau qu'ils avaient loué pour fêter mon diplôme d'entrée à l'université a chaviré.

Miri pressa le sweat-shirt contre sa poitrine.

— C'est affreux. Je suis navrée.

Le visage de Benjamin se ferma. Il haussa les épaules.

— Ce ne serait pas arrivé s'ils avaient été un peu moins fiers de leur fils.

— Je ne pense pas..., voulut objecter Miri.

Mais, en voyant son regard bleu se durcir, elle réalisa que c'était inutile – et sans doute stupide.

Qui était-elle pour savoir mieux que lui ? Elle ne le connaissait pas. Ils n'étaient pas amis. Elle travaillait simplement pour lui. Elle l'avait embrassé, certes. Mais ça ne l'autorisait pas à s'immiscer dans sa vie personnelle ni à lui donner son avis.

— C'est terrible de perdre sa famille dans de telles circonstances, reprit-elle.

Il n'y avait pas de pitié dans ses paroles, cette fois, juste le constat de l'injustice d'une disparition aussi tragique.

La tension dans les épaules de Benjamin disparut aussi vite qu'elle était apparue. Il se remit à fouiller dans les cartons et brandit triomphalement un bas de jogging de la même teinte que le sweat-shirt qu'elle tenait.

Dans cette tenue, elle serait loin de son image professionnelle habituelle mais, compte tenu de la situation, pouvoir enfiler des vêtements propres et confortables, exempts de traces de dentifrice, tenait déjà du miracle.

— Merci, dit-elle. Pardon pour le dérangement, ajouta-t-elle en désignant les cartons ouverts.

Il se redressa.

— C'est le moins que je puisse faire. Désolé de ne pas avoir mieux à vous proposer. Je n'ai pas anticipé.

Miri lâcha un petit rire nerveux.

— Le contraire m'aurait inquiétée...

Inclinant la tête sur le côté, Benjamin sourit.

— J'ai été scout, vous connaissez la devise... Scouts, toujours prêts.

Levant les yeux au ciel, Miri allait répliquer « bien sûr, j'aurais dû deviner ! » quand un carton bascula de sa pile. Le bruit à l'atterrissage leur arracha une grimace. Dans la chute, le carton s'était ouvert.

— Je croyais que tout était bien empaqueté, marmonna Benjamin en se baissant pour ramasser le carton et le remettre à sa place.

Ce faisant, il jeta un coup d'œil au contenu et laissa échapper un ricanement.

— Ironie du sort.

Curieuse, Miri s'approcha.

— Qu'est-ce qu'il contient ?

— Le chandelier à sept branches de ma mère et une

boîte de photos. À coup sûr, il y en a une de moi avec mon break.

Miri réprima un frisson. Le fait que ce soit ce carton qui était tombé, en pleine fête de Hanouka, alors même qu'ils venaient de parler du break, paraissait presque surnaturel.

Benjamin sortit la boîte. Puis avec une sorte d'efficacité distante, tel un robot, il tria rapidement quelques photos avant de tendre l'une d'elles à Miri, sans relever les yeux.

C'était la photo d'un jeune Benjamin Silver. Déjà grand mais dégingandé, comme il l'avait dit. Il se tenait fièrement debout à côté d'un vieux break Subaru, vêtu du sweat-shirt qu'elle avait dans les mains.

C'était bien lui, et en même temps il était difficile de croire que c'était le gars avec qui elle venait de passer les dernières vingt-quatre heures.

Physiquement, il n'avait pas vraiment changé – même s'il avait pris dix centimètres et s'était en effet étoffé, perdant toute trace de sa minceur d'adolescent. Mais son visage s'était durci, son expression s'était faite distante et froide.

Surtout ses yeux.

Sur la photo, c'était un garçon au regard bleu, rieur, ouvert sur l'avenir. Aujourd'hui, c'était un homme au regard semblable à un iceberg la plupart du temps – un regard impassible, dur, parfois plus intense sous la surface.

Était-ce la perte de ses parents qui l'avait rendu ainsi ou bien la nécessité d'être impitoyable pour réussir comme il l'avait fait ? se demanda Miri.

— Il y a aussi des bougies, reprit Benjamin. Maman craignait toujours d'en manquer.

Il tenait d'une main un paquet de bougies blanches, et de l'autre, le chandelier.

Miri l'observa, tandis qu'il entreprenait de les ranger

dans le carton, aveugle à la magie de l'instant, aveugle au fait qu'ils avaient découvert cette menora et ces bougies au moment où ils étaient bloqués ici pour Hanouka.

La version plus jeune de la photo – le garçon rayonnant et plein d'espoir qui allait avec son père acheter une boîte de *soufganiyot* pour sa mère – aurait compris que c'était un signe.

Il disait être guéri de la perte de sa famille, mais la plaie était toujours là. Simplement, il l'avait recouverte d'une épaisse carapace pour ne plus souffrir.

Miri rassembla son courage.

— Nous devrions les descendre avec nous.

— Quoi ? questionna Benjamin en relevant les yeux vers elle.

— Les bougies et le chandelier… Nous devrions les descendre. C'est Hanouka.

Elle s'efforçait de rester naturelle, consciente de s'aventurer en terrain sensible.

— Je ne pense pas…, commença Benjamin.

Sa voix s'éteignit, mais il se reprit aussitôt.

— Non. C'est inutile. C'est probablement votre dernier soir ici, et je ne les rallumerai pas après votre départ. Pas la peine de mettre de la cire partout et de devoir tout nettoyer ensuite.

Miri hésita. Professionnalisme et respect de la vie privée lui soufflaient de laisser tomber. Mais une pulsion rebelle la poussait à insister.

— Cela ne me dérange pas de nettoyer après.

— Vous êtes mon invitée. Les invités ne sont pas censés nettoyer.

— Depuis quand ? Chacun est censé nettoyer derrière lui.

— Pas selon ma mère. Elle était aux petits soins pour les invités.

Miri haussa un sourcil sceptique.

— Peut-être, mais je parie qu'elle aurait été d'accord pour allumer ces bougies.

— Si on va par là, hier soir elle vous aurait aussi nourrie de petits plats faits maison. Les beignets n'auraient été qu'un encas. Il n'y a aucune raison d'allumer ces bougies.

— Bien sûr que si. Elles sont tombées du carton, c'est un signe, insista Miri, surprise elle-même par son audace.

— Des sorcières ont été brûlées vives sur le bûcher pour moins que ça, observa Benjamin.

— Je ne crois pas que nous allons déclencher une nouvelle vague d'inquisition.

— C'est une perte de temps.

— Il faut bien l'occuper en attendant la fin de la tempête.

— Entre l'éclairage de la pièce et le feu dans la cheminée, vous verrez à peine la lumière des bougies.

— Ça me ferait plaisir, Benjamin.

Miri avait parlé d'une voix douce mais ferme.

Il pinça les lèvres. Puis, fermant les yeux, il prit une profonde inspiration avant d'expirer lentement, et les rouvrit.

— D'accord. Je vais les descendre.

— Super ! lança Miri en frappant dans ses mains avec une joie sincère.

Il ne s'agissait pas d'une bataille d'ego qu'elle était ravie d'avoir gagnée. Non, c'était une bataille entre le Benjamin sévère et le Benjamin plus jeune, à l'esprit ouvert.

Il jeta un coup d'œil à sa montre.

— J'ai demandé que le dîner soit prêt pour 18 heures. Si vous voulez vous changer et avoir un peu de temps pour vous, nous allons regagner l'aile ouest. Au passage, nous ferons un saut au spa pour récupérer un peignoir au cas où je me serais trompé concernant la taille du sweat-shirt et du jogging.

— Comment ? Vous n'êtes pas certain d'avoir toujours raison ? se moqua Miri, encouragée par sa victoire.

Il lui glissa un coup d'œil en coin accompagné d'un petit sourire suffisant.

— Mieux vaut être prudent, même si j'ai rarement tort.

Miri eut l'étrange impression qu'il ne parlait pas du choix de sa tenue de rechange, mais de tout autre chose.

Alors qu'ils traversaient l'immense demeure, il se contenta de faire un commentaire au sujet de chacune des pièces qu'ils rencontrèrent sur leur chemin, dont une salle de cinéma, une salle de sport ainsi qu'une piscine chauffée et même une patinoire.

Il entra dans une sorte de dressing à proximité du spa, d'où il ressortit avec un peignoir d'un blanc immaculé, merveilleusement moelleux.

L'espace d'un instant, Miri envisagea de le porter à la place du sweat plus léger et plus rêche, mais le seul moyen de fermer un peignoir, c'était la ceinture à la taille.

Elle avait besoin d'une meilleure protection.

Benjamin l'accompagna jusqu'à sa chambre et s'esquiva poliment après lui avoir précisé que le dîner aurait lieu dans le coin repas, adjacent au salon où ils avaient discuté la veille, devant la boîte de beignets.

7

Pour la deuxième fois de la journée, Benjamin attendait Miri.

Debout devant la cheminée, il se demandait comment elle avait occupé son après-midi. Il l'avait quittée à contrecœur mais, après l'incident du chandelier, il avait soudain éprouvé le besoin d'être seul. Il était conscient d'avoir réagi de façon ridicule quand elle lui avait demandé de le descendre avec les bougies. Sur le coup, il n'avait pas réfléchi. Sa réaction avait été viscérale. Parce que la dernière fois qu'il avait allumé ces bougies c'était avec ses parents avant qu'ils disparaissent. Cette menora était une sorte de mémoire vive qui lui rappelait toutes ces choses qu'il préférait enterrer dans un coin de son esprit.

Mais il aurait été injuste de rejeter la demande de Miri. Une demande parfaitement compréhensible étant donné les circonstances – deux personnes de confession juive, coincées ensemble par la neige pour Hanouka. Sa requête était normale.

En revanche, ressortir la menora familiale libérait tous les souvenirs qui l'accompagnaient. Et ça, ce n'était pas normal pour lui. Encore moins devant une femme qu'il connaissait à peine. C'était quelque chose d'intime.

Comme tout ce qui s'était passé entre eux depuis la fin de leur réunion de travail – une heure plus tard que prévu.

Ce n'était pas la première fois qu'une petite heure de plus bouleversait son monde. D'une relation de travail avec Miri, ils étaient passés à une relation personnelle. Trop personnelle. Une relation à laquelle il mettrait fin dès demain, si la tempête ne cessait pas.

Il prétexterait le travail pour s'éloigner d'elle et éviter tout risque de dérapage supplémentaire.

Avec Miri, il se retrouvait dans une situation sans précédent. Même le temps évoluait de manière étrange. Quand ils discutaient ensemble, il filait à la vitesse de la lumière. Mais, quand il attendait le moment de la revoir, il s'étirait en longueur.

C'était une expérience inédite pour un homme tel que lui, habitué à maîtriser chaque seconde de sa vie. C'était la perte de la notion du temps et de la distance qui avait provoqué la mort de ses parents adoptifs sur un bateau mal entretenu, tombé à court de carburant en pleine mer.

Il était alors devenu conscient de l'importance de chaque minute qui passait, contrôlant son temps, ses relations, pour ne plus jamais prendre le risque d'être surpris ou blessé par la vie.

Mais, quand il s'agissait de Miri, plus rien n'était pareil. Après l'avoir raccompagnée jusqu'à sa chambre, de crainte qu'elle ne se perde dans le dédale de couloirs et d'escaliers, il s'était immobilisé devant sa porte.

— Le dîner sera servi là où nous étions hier soir. Dans le coin repas, près de la cheminée, avait-il précisé.

Elle avait aussitôt rougi au souvenir de leur étreinte sur le canapé. Son regard d'ambre avait étincelé, trahissant ses émotions, mais elle s'était contentée de dire :

— Très bien. J'essayerai de ne pas me perdre en route.

À présent, il l'attendait. D'ordinaire il n'attendait jamais les gens. C'était une perte de temps. On pouvait passer toute une vie à attendre et ne jamais rien obtenir. Pour réussir, il fallait être rapide et efficace. On n'arrivait à rien en attendant.

Mais, puisqu'il s'agissait de Miri, il patientait – et, parce que c'était elle, l'attente semblait durer une éternité. Pendant qu'il ruminait, le regard rivé sur les flammes, une employée de maison avait terminé de dresser la table et s'était esquivée discrètement.

— Excusez-moi, j'ai mis un peu plus de temps que prévu.

La voix de Miri l'arracha à ses pensées.

— Pour une fois, vous aviez tort. Le sweat-shirt n'était pas taillé pour une femme, et il m'a fallu un bout de temps pour réussir à m'en extirper.

Se tournant vers elle pour l'accueillir, Benjamin resta sans voix. Comment était-il possible qu'elle soit aussi éblouissante, vêtue d'un simple peignoir ?

La ceinture étroitement serrée soulignait la finesse de sa taille comparée aux courbes voluptueuses de ses hanches et de sa poitrine. L'ourlet à mi-cuisse dévoilait de longues jambes toniques et fuselées. À ses pieds, elle n'avait eu d'autre choix que d'enfiler ses escarpins – incongrus et douloureusement sexy.

Serrant les poings, Benjamin déglutit, luttant contre l'envie de lui sauter dessus. Il était déjà clair qu'elle ne ressemblait à aucune autre femme. Mais, à présent, force lui était d'admettre qu'elle réveillait ses instincts les plus primaires.

— Ce n'est pas grave, dit-il, s'efforçant d'agir en hôte et non comme un obsédé. Je propose que nous allumions les bougies.

— Très bien, acquiesça-t-elle doucement en franchissant l'espace qui les séparait pour venir près de lui devant le feu.

Le chandelier et ses bougies trônaient sur le manteau de la cheminée. Benjamin sortit un briquet de sa poche et fit signe à Miri de débuter le rituel. Leurs regards s'accrochèrent, et soudain il oublia tout, même le peignoir.

Elle avait un regard magnifique, mélange de douceur et de fermeté, intelligent et mutin. C'était le regard d'une femme compréhensive qui avait du cœur. Une femme foncièrement honnête et authentique. C'était un regard dont il n'imaginait pas se lasser, même s'ils devaient rester bloqués ici par la neige pendant toutes les fêtes.

Elle humecta ses lèvres et prit la « bougie servante », le *shamash*. Il actionna le briquet. Le feu dans la cheminée projetait les ombres de leurs silhouettes côte à côte. Miri inclina la mèche de la bougie dans la flamme du briquet et la tint d'une main sûre jusqu'à ce qu'elle s'enflamme.

Sans la quitter du regard, Benjamin éteignit le briquet, notant chaque détail de son visage – la peau satinée de ses joues, ses yeux, ses lèvres. Tout en elle rayonnait.

Souriante, elle releva la tête vers lui, prête à prononcer les prières. Benjamin pencha le visage vers le sien. Cela lui semblait naturel. Et, comme mues par une force extérieure, leurs bouches se rapprochèrent l'une de l'autre...

Miri détourna brusquement la tête et s'éclaircit la gorge.

— On pourrait peut-être sauter la prière et se contenter d'allumer les bougies, ce soir, fit-elle dans un souffle.

Cette fois, c'était elle qui avait repris ses esprits la première. Se ressaisissant à son tour, Benjamin détourna les yeux pour contempler la tempête dehors, plutôt que la femme qui l'attirait comme la lumière attire le papillon de nuit.

— D'accord. Si vous avez faim, le dîner est prêt.

Miri s'empressa d'acquiescer. Il la conduisit vers la table et tira galamment sa chaise. Elle s'assit avec précaution en prenant soin de tirer les pans du peignoir sur ses cuisses fuselées.

Crispant les mains sur le dossier de la chaise, Benjamin déglutit.

— Merci, dit-elle. Une fois de plus, tout a l'air délicieux.

Se souvenant de ce qu'elle lui avait confié la veille, Benjamin avait demandé au chef cuisinier une soupe aux boulettes matzo, des galettes de pommes de terre et le *kugel* traditionnel. Et, pour accompagner les plats, il avait choisi un excellent vin.

Il était cependant un peu déçu, contrairement à Miri, qui ne tarissait pas d'éloges sur chaque plat.

— C'est bon, dit-il en prenant une cuillère de soupe. Mais il manque quelque chose.

Miri éclata de rire.

— Normal. Ce n'est pas celle préparée par votre maman.

Elle avait raison. Il croyait avoir oublié le goût des plats maternels mais, en goûtant cette soupe, ce soir, il réalisait que le souvenir était toujours là, caché dans un coin de sa mémoire.

Miri repoussa son assiette avec un soupir de pure satisfaction.

— C'était succulent. Dommage que nous ayons fini les *soufganiyot*, hier.

Amusé qu'elle puisse avoir encore envie d'en manger après l'orgie de la veille, il s'empressa de la rassurer concernant le dessert.

— Pas de beignets, ce soir. Mais le chef a préparé une délicieuse tarte aux myrtilles servie avec une glace à la vanille faite maison. La vanille provient de ma propriété aux Seychelles.

Miri haussa les sourcils.

— Vous savez, ils en vendent aussi à l'épicerie du coin.

— Attendez d'y avoir goûté, répliqua Benjamin avec son petit sourire en coin irrésistible. Vous ne pourrez plus jamais l'oublier.

Miri se sentit rougir. Il parlait de vanille, mais ils savaient tous deux qu'il venait de faire une promesse qui n'avait rien à voir avec le dessert.

Benjamin la regardait, luttant contre l'envie de la posséder qui enflait en lui.

Elle s'éclaircit la gorge.

— Alors, qu'est-ce qu'on attend ? Il est temps de passer des paroles aux actes.

Pris au dépourvu, Benjamin tressaillit. Elle avait certainement voulu dire autre chose, simplement plaisanter – pas lui lancer un défi aussi provocateur.

Du moins, c'était ce qu'il supposait, à en juger par la façon dont elle écarquillait les yeux à présent et rougissait de plus belle, bouche bée.

La veille, il avait embrassé cette bouche, et Miri avait atterri sur ses genoux. Pourraient-ils recommencer ?

La part rationnelle de son cerveau aurait dû lui souffler un *non* ferme et définitif. Malheureusement, elle restait muette, et il n'avait qu'une envie : mettre la question à l'épreuve pour voir où Miri atterrirait cette fois, dans son petit peignoir.

Il se leva, avec une conscience aiguë du sang qui affluait dans une partie vitale de son anatomie, et répondit d'une voix douce :

— Si vous saviez comme j'aimerais passer à l'acte, Miri.

Les mots avaient jailli sur ses lèvres, alors même qu'il savait que ce serait une énorme bêtise. Mais c'était plus fort que lui, comme s'il n'avait que ce but en tête, malgré toutes les raisons de ne pas le faire.

Il se retourna pour prendre le dessert. C'était le seul moyen de détacher les yeux de Miri. Il retira les assiettes de la glacière prévue à cet effet par son chef cuisinier et en posa deux devant Miri. Leurs regards s'accrochèrent de nouveau de longues secondes.

— Merci, finit par dire Miri d'une voix étrangement enrouée.

Benjamin hocha la tête.

— Tout le plaisir est pour moi.

Il retourna s'asseoir face à elle, et son regard dériva malgré lui sur le décolleté du peignoir. Miri avait étroitement serré la ceinture, attirant son attention sur la finesse de sa taille, mais au cours du repas les pans du vêtement s'étaient relâchés, laissant entrevoir la naissance de ses seins.

Benjamin avait conscience de jouer avec le feu, mais c'était plus fort que lui.

— Mmm...

Le gémissement de Miri l'arracha à sa contemplation. Ses yeux remontèrent vers son visage. C'était la glace à la vanille qu'elle appréciait, pas lui – elle était bien loin de se douter des pensées perverses qui se bousculaient sous le crâne de son hôte.

Elle dégustait chaque bouchée de tarte accompagnée d'une cuillerée de glace crémeuse. Et, chaque fois, elle fermait les yeux en renversant légèrement la tête en arrière.

Elle déglutit, et il suivit le mouvement de sa gorge, incapable de détourner le regard. Il réussit à terminer sa part de dessert, sans vraiment savoir ce qu'il mangeait.

Quand elle eut avalé la dernière bouchée, Miri ouvrit les yeux avec un sourire ravi.

— Vous aviez raison. C'était divin.

Il fallut quelques secondes à Benjamin pour s'éclaircir la gorge et retrouver la parole.

— Je tiens toujours mes promesses.

Il vit les pupilles de Miri se dilater. Elle eut un hochement de tête imperceptible. Puis, rougissante, elle se ressaisit avec un petit rire forcé.

— Je suppose que c'est ainsi que Benjamin Silver a réussi à devenir un milliardaire autodidacte.

Il n'avait pas envie de lui parler de la façon dont il s'était plongé dans le travail pour ne pas avoir le temps, ni l'espace dans son esprit, de penser à ceux qu'il avait perdus.

Tout ce qu'il souhaitait, c'était lui ôter son peignoir et laisser libre cours au désir qui grésillait entre eux.

Mais ils n'étaient pas censés faire une chose pareille.

C'était interdit. Il y aurait forcément des conséquences. Miri n'était pas prête. Ses yeux étincelaient, elle avait le souffle court, mais elle se contenait.

Il ne la presserait pas. Ce n'était pas nécessaire. Elle en avait autant envie que lui. Elle essayait juste de se rappeler pourquoi ce serait une mauvaise idée.

Et le milliardaire autodidacte savait qu'il fallait parfois patienter pour obtenir ce que l'on désirait.

— J'ai fait fortune en vivant de ma passion, dit-il, ne plaisantant qu'à moitié.

Cette passion lui avait surtout permis de survivre à la perte de ses parents.

— Programmer, créer des logiciels, concevoir, c'est quelque chose d'inné chez moi. Mes parents rêvaient que ce don soit un jour reconnu. Alors, après leur disparition, je me suis entièrement consacré à mes études et à mes projets personnels. En sortant de l'université, j'avais déjà gagné mon premier million. Ensuite, les contrats se sont enchaînés.

Il n'avait pas prévu de lui en dévoiler autant sur lui, mais Miri avait l'art de l'amener à se livrer plus qu'il n'en avait l'intention.

Elle se dévoilait tout autant.

— Je ne sais pas si je dois être démoralisée, impressionnée ou sceptique, dit-elle avec sa franchise habituelle. Vous n'imaginez pas à quel point c'est difficile pour certains d'entre nous de s'en sortir ici-bas.

— Bien sûr que si. Je vous l'ai dit, je n'ai pas toujours été riche.

— Mais vous n'avez jamais été pauvre non plus.

— Et vous, si ?

— Récemment, oui.

Joignant les mains, elle ferma les yeux.

— Entre mon diplôme et le moment où la fondation m'a recrutée, j'ai tenu le coup grâce à des petits boulots. Si je n'avais pas obtenu ce poste, j'aurais perdu mon appartement et je n'aurais eu d'autre choix que de retourner vivre dans le garage de mes parents ou dans ma voiture. Heureusement, j'ai décroché ce job de rêve, que je dois à tout prix garder, dit-elle gravement en rouvrant les yeux. Je ne peux pas me permettre de le perdre.

Et, dans ces derniers mots, Benjamin perçut toute son inquiétude. Il y avait de nombreuses raisons pour lesquelles il aurait préféré ne pas être son patron. Il aurait voulu avoir sur elle une autre forme de pouvoir. Le pouvoir qui s'exerce sur le corps et l'esprit, et non sur le salaire.

Il aurait voulu que les choses soient différentes entre eux parce qu'il la désirait – encore plus que la veille.

— Vous êtes la personne idéale à ce poste, dit-il en la

regardant droit dans les yeux. Je ne ferai pas prendre à la fondation le risque de vous perdre.

Miri referma les yeux et poussa un long soupir. Benjamin serra les dents, plus frustré que jamais. Mais il ne voulait pas que Miri ait peur pour son avenir. Il voulait la revoir sourire.

Elle rouvrit les yeux.

— Merci, dit-elle. J'étais inquiète après ce qui s'est passé hier soir…

— Nous sommes à des milliers de kilomètres de ceux qui pourraient s'en offusquer. Vous n'avez donc pas à vous inquiéter.

S'il le fallait, il userait de son pouvoir considérable pour tenir cette promesse. Et il ferait de nouveau sourire Miri.

— Si je comprends bien, vous avez récemment connu des difficultés matérielles, reprit-il. Dans votre enfance aussi ?

Miri hésita une seconde, puis secoua la tête.

— J'ai eu une enfance heureuse. Ma famille n'a jamais roulé sur l'or, mais je n'ai manqué de rien, et mes parents pouvaient même se permettre de nous offrir des leçons de piano et des cours de judo.

— Qu'est-ce qu'ils font ?

— Mon père est pasteur. Il a sa propre église, et ma mère s'occupe de l'administratif. La congrégation finance leurs salaires. Ce n'est pas extraordinaire par rapport au niveau de vie à Los Angeles, mais c'était suffisant pour qu'ils puissent choyer leurs enfants et une tribu de petits-enfants à présent.

— Votre père est pasteur ? répéta Benjamin, l'air étonné.

Miri esquissa une grimace.

— Oui, vous avez bien entendu. Vous comprenez

pourquoi les fêtes religieuses sont si importantes dans ma famille.

— Certes. Mais votre père finira par s'apercevoir que le dialogue et les fêtes interconfessionnelles sont riches d'enseignements et d'unité entre les gens.

Miri posa sur Benjamin un regard surpris.

Elle semblait fragile mais pleine d'espoir.

— Merci, murmura-t-elle.

Il était évident que ces moments à la fois familiaux et sacrés lui manquaient et qu'elle souhaitait qu'il ait vu juste.

— Judo ? reprit Benjamin, la mine sceptique. C'est bizarre. Piano, ça colle mieux.

— Comment ça ?

— Le piano est plus convenable pour une bonne chrétienne. Le judo, c'est plutôt violent.

— Quand on va à l'école publique, il faut apprendre à se défendre.

— Vous êtes donc une sale gosse de l'école publique, observa Benjamin, ravi de voir Miri redresser le menton.

— Et fière de l'être !

Un sourire étira enfin ses lèvres. Elle était merveilleusement belle quand elle souriait ainsi.

Elle était toujours belle.

Cillant pour rompre le charme, il désigna son assiette à dessert.

— Vous en voulez encore ?

Miri baissa les yeux sur son assiette vide, puis les releva vers lui en secouant la tête.

— Je ne crois pas pouvoir avaler une bouchée de plus. J'ai l'estomac plein et j'ai surtout besoin d'un endroit confortable où m'étendre avant de tomber dans un coma digestif.

Sa franchise naturelle l'amusait.

— Si vous voulez, je peux vous raccompagner jusqu'à votre chambre.

— Non, non, l'interrompit Miri. Merci. En fait... je n'ai pas sommeil, ajouta-t-elle dans un filet de voix.

Rougissante, elle prit une inspiration oppressée et se mordit la lèvre avant de poursuivre :

— Il y a le canapé devant la cheminée. Et les bougies n'ont pas fini de se consumer...

Ses iris étincelaient comme leurs flammes, couleur d'ambre délicatement cerclée d'obsidienne.

Le corps déjà tendu à l'extrême de Benjamin réagit, mais il demeura d'une fixité de marbre, tout en s'efforçant d'ignorer la petite voix tentatrice qui susurrait à son oreille : *Eh bien, qu'attends-tu ? Elle ne demande que ça !*

Ils avaient déjà joué avec le feu, et il devait faire un effort héroïque pour résister à l'attraction que cette femme exerçait sur lui.

— Que se passera-t-il si nous allons trop loin ?

— Personne ne le saura si c'est juste cette fois..., murmura Miri.

Benjamin plaqua les mains sur la table.

Ils feraient mieux d'arrêter là, pour mille raisons, mais il était évident qu'ils mouraient tous deux d'envie d'aller plus loin.

— C'est vraiment ce que vous souhaitez ? insista-t-il.

Il n'avait jamais autant désiré une femme. Mais, même si cela devait rester leur secret, il voulait être absolument certain que c'était son choix à elle aussi.

Retenant son souffle, il attendit qu'elle confirme. Et, quand enfin elle hocha la tête, il relâcha l'air contenu dans ses poumons, repoussa sa chaise et lui désigna le coin salon.

Les pupilles de Miri se dilatèrent, et ses lèvres

s'entrouvrirent pour laisser passer l'air tandis qu'elle suivait du regard son geste en direction du canapé.

Elle pouvait encore changer d'avis.

Ses joues s'enflammèrent quand elle posa les yeux là où ils s'étaient embrassés la veille. Puis elle reporta son attention sur Benjamin, acquiesça de nouveau d'un imperceptible signe de tête et se leva.

Le peignoir laissait entrevoir la dentelle de son soutien-gorge. Ses talons claquèrent sur le parquet quand elle s'avança vers le canapé. Elle s'immobilisa à la lisière du tapis.

Benjamin retint de nouveau son souffle, se demandant ce qu'elle allait faire. Il eut la réponse quand elle quitta ses escarpins, l'un après l'autre, avec une lenteur délibérée. Pris d'un désir violent, il sentit son pouls s'accélérer.

— Tout ce qui se passe ici reste ici, dit-elle d'une voix basse, le dos tourné à Benjamin. Je n'ai rien à craindre pour mon poste, n'est-ce pas ?

— En effet.

Alors, sans le regarder, elle traversa le tapis et alla s'asseoir sur le canapé en tirant les pans du peignoir sur ses cuisses.

Il s'avança à son tour. Lentement. Pour se laisser le temps de reprendre le contrôle.

Il avait voulu la voir sourire. Il avait voulu qu'elle le suive, qu'elle accepte son invitation à retourner sur le terrain libertin de la veille. Et, maintenant qu'elle le faisait, il avait l'impression de flirter avec le danger – comme si c'était lui qui prenait le plus gros risque, un risque bien plus important que de perdre un premier job.

Mais la distance entre la table et le canapé était trop courte pour qu'il ait le temps d'y réfléchir.

Il posa sur la table basse deux coupes de champagne

et s'assit à côté de Miri. Ignorant le champagne, elle se tourna vers lui, le souffle court, le regard étincelant. Puis elle se pencha et légèrement, très légèrement, effleura ses lèvres d'un baiser.

Il aurait fallu être un saint pour reculer. Or, Benjamin n'était pas un saint. L'attirant sur ses genoux, il s'empara de sa bouche. Leurs lèvres se soudèrent, s'ajustèrent comme les pièces d'un puzzle. Les doigts crispés dans les cheveux de Benjamin, Miri l'embrassait avec une ardeur destinée à annihiler toute pensée. Et Benjamin n'était pas plus qu'elle désireux de rompre le charme.

C'était une folie.

Ils travaillaient pour la fondation. Il leur était interdit de fraterniser. Mais tout semblait si naturel entre eux. Miri s'ouvrait à lui comme une fleur dont il goûtait le nectar. Un nectar aphrodisiaque.

Elle soupira sous sa langue audacieuse, savourant les sensations qu'il déclenchait, tandis qu'elle s'agrippait à ses épaules pour l'empêcher de s'écarter. Pour qu'il n'arrête pas.

Mais la situation était déjà hors de contrôle. Benjamin n'avait plus de freins. Peu importaient les règles, les interdits, ce qui était bien, ce qui était mal. Aucune raison ne pouvait faire taire son désir pour cette femme. Elle seule avait le pouvoir de l'arrêter à présent.

Il ne voulait pas d'un avant-goût comme la veille, suivi d'une autre nuit blanche à se tourner et se retourner seul dans son lit. Il voulait Miri nue, étendue sous lui ou le chevauchant, son corps s'ajustant au sien, fusionnant avec lui.

Il fit glisser le peignoir sur ses épaules.

Comme la veille, elle était sur ses genoux, mais cette fois ni l'un ni l'autre n'avaient l'intention d'appuyer sur pause. Et les couches de vêtements entre eux étaient moins nombreuses.

La peau brune de Miri chatoyait dans la lueur orangée des flammes. Ses seins se dressaient, conquérants, magnifiques, sous la dentelle blanche du soutien-gorge. Il dénoua la ceinture du peignoir, dévoilant sa taille étroite, ses hanches voluptueuses et ses jambes interminables.

Miri était fabuleusement belle.

Laissant courir ses mains le long de ses épaules, il caressa ses bras – fermes et souples – avant de prendre ses seins dans ses paumes et de faire glisser ses pouces le long de l'échancrure du soutien-gorge. Le contraste entre sa peau couleur cannelle et la dentelle blanche l'électrisait, mais ce n'était rien en comparaison de la secousse qu'il ressentait à chaque fois qu'il effleurait les pointes de ses seins qui s'érigeaient sous la dentelle.

À chaque frôlement, Miri gémissait, et ses hanches ondulaient contre lui, diablement efficaces.

Il possédait tout l'argent dont on pouvait rêver, mais le vrai pouvoir, c'était celui de faire gémir Miri et de l'amener à un tel état d'abandon qu'elle oubliait les règles.

Chacun de ses soupirs, chacune de ses plaintes envoyait une décharge électrique dans son corps, aiguisant la conscience aiguë qu'il avait d'une partie de son anatomie.

N'y tenant plus, il la libéra du peignoir.

Le souffle de Miri s'affola quand elle vit le regard brûlant de Benjamin arpenter son corps, quand elle le vit baisser les yeux vers son ventre.

Du bout des doigts, il suivit le tracé du minuscule triangle de dentelle blanche sur sa peau brune qui ne demandait qu'à être caressée, embrassée. Miri était parfaite, absolument parfaite. Il aurait pu passer l'éternité à la dévorer des yeux, mais il n'avait pas l'éternité devant lui. Seulement le temps que durerait la tempête. Rien d'autre que ces précieux moments.

La tête renversée en arrière, les paupières fermées, Miri s'abandonnait à la caresse de son regard, aux caresses de ses mains qui glissaient lentement le long de son dos. Elle avait pleinement conscience qu'il savourait la grâce et la sensualité de ses courbes.

Il s'empara de nouveau de ses lèvres et la plaqua contre lui, moulant son corps au sien, l'étreignant de ses bras puissants. Puis, sans desserrer son étreinte, il se leva du canapé, contourna la table basse et allongea Miri sur le tapis.

Elle émit un petit soupir de protestation quand il abandonna ses lèvres gourmandes et s'écarta légèrement pour pouvoir la contempler étendue sous lui.

La nuit dernière, seul dans son lit, il l'avait mentalement dénudée, explorée, possédée… Mais la réalité dépassait son imagination. Ses lèvres entrouvertes, gonflées de leur baiser, son souffle saccadé, son corps qui se tordait sous le sien, ses mains fébriles, tout en elle trahissait son excitation, son désir pour lui.

Il vibrait d'impatience de plonger en elle pour la posséder enfin. Mais avant cela il voulait la goûter, lui faire perdre la tête, l'amener au bord du précipice et la voir basculer.

Il voulait entendre son nom sur ses lèvres. Il voulait l'entendre supplier, crier, perdre le contrôle. Il voulait tout mettre en œuvre pour qu'elle ne regrette jamais d'avoir laissé ses principes de côté, le temps d'une tempête.

Il n'avait jamais rien vu de plus extraordinaire que le visage de Miri irradiant de désir, avec ses boucles brunes répandues tout autour en longues vagues soyeuses.

L'ambre dans son regard étincelait, ses joues étaient cramoisies et ses lèvres humides.

C'était le visage d'une déesse.

Et cette déesse était pour lui.

8

Faire l'amour avec Benjamin Silver était au-delà de tout ce que Miri avait pu rêver. Cela n'avait rien à voir avec le jeu consistant à repousser les limites avec son petit ami du lycée. Il y avait la passion bien sûr, plus forte qu'à l'époque, mais aussi un degré d'expertise et de subtilité que son ex-fiancé ne possédait pas. Aucun des gars qu'elle avait fréquentés n'arrivait à la cheville de Benjamin Silver.

Il était merveilleusement beau, intelligent, direct. Et il savait très exactement qui il était et ce qu'il voulait. Elle le percevait dans chacune de ses caresses. C'était un virtuose qui jouait de son corps comme d'une harpe, la faisant vibrer, frissonner, gémir.

Il était tour à tour rude ou caressant, généreux ou avide, autoritaire ou taquin.

Sous ses caresses, Miri avait l'impression de n'être plus que sensations. Sa peau s'enflammait, alors même que tout son corps frissonnait. La douceur du tapis contre sa peau nue, la sensualité des baisers de Benjamin, le poids de son corps sur le sien, la pression de ses hanches contre les siennes, le frottement de ses jambes contre la peau si sensible à l'intérieur de ses cuisses – elle était submergée, ballottée par les sensations.

La beauté du visage de Benjamin, caressé par les lueurs rougeoyantes de l'âtre, attisait encore le feu intense qui la consumait. Elle soupira et gémit dans sa bouche, tandis qu'elle sentait ses mains vagabonder le long de son cou, de ses seins, de son ventre et plus bas, puis il pressa sa paume contre son clitoris à travers la barrière de dentelle.

Il laissa sa main *là*, la faisant se cabrer sous la pression de ses doigts, déclenchant des vagues de plaisir. Et plus elle se tordait, plus elle gémissait, plus il redoublait l'ardeur et la précision de ses caresses diaboliques. Puis ses lèvres délaissèrent sa bouche pour voyager. Il musarda d'abord le long de sa mâchoire, dans son cou, avant de s'attarder sur ses seins.

Affolée, Miri s'arc-bouta entre ses bras. Les dents de Benjamin autour de ses tétons dressés derrière la barrière du soutien-gorge se livraient à une danse à mi-chemin du plaisir et de la douleur, à la limite de la sauvagerie.

Sans lui laisser le temps de reprendre ses esprits, sa bouche descendit remplacer sa main entre ses cuisses.

Elle hoqueta, se raidit, tenta de refermer les jambes comme pour lui interdire cette ultime frontière de son intimité, mais il resserra l'étreinte de ses doigts sur ses fesses et la dévora à travers la dentelle.

Surprise par la lame de fond qui déferlait au creux de son ventre, elle voulut se redresser, s'agrippa à ses épaules, à ses cheveux, avant de retomber sur le tapis en criant son nom dans la jouissance avec une absence totale de retenue.

Quand le calme revint dans son corps ébloui, elle resta étendue, pantelante, sous le regard amusé de Benjamin.

Il n'en avait pas terminé avec elle.

Passant un bras autour de sa taille, il la redressa, s'installa face à elle et l'assit sur lui, le haut du corps plaqué contre son torse.

Dans cette position, Miri ne pouvait ignorer son sexe bandé à travers le pantalon qui les séparait encore.

Une main dans ses cheveux, il tira doucement pour l'obliger à renverser la tête en arrière et suivre du bout de la langue la ligne de son cou, tandis que de l'autre main il dégrafait d'un geste expert son soutien-gorge, libérant ses seins.

Il s'écarta légèrement pour les contempler. Leurs mamelons rose sombre étaient gonflés, tendus, avides de sentir la caresse de sa langue.

Sous la brûlure de son regard, Miri sentit son sang bouillir dans ses veines, son cœur battre comme un forcené. Elle avait du mal à respirer. Elle aurait voulu mourir sur-le-champ, ou rire, ou pleurer. Elle n'arrivait plus à penser.

Benjamin s'empara de nouveau de ses lèvres pour l'embrasser passionnément, presque violemment. Puis il la souleva pour s'agenouiller face à elle. Il était toujours habillé.

Miri le parcourut du regard, s'attarda sur le devant de son pantalon tendu par la preuve sans équivoque de son désir, puis releva les yeux sur lui.

— Tourne-toi, souffla-t-il.

Elle obéit. Jamais elle n'avait eu le sentiment d'être aussi vulnérable, aussi exposée qu'en cet instant. Mais plus rien n'existait hormis cette pulsion impérieuse qui la poussait à s'offrir à Benjamin.

Il caressa ses hanches avant de faire glisser sa petite culotte sur ses fesses, le long de ses jambes. Puis il remonta sa main pour la caresser entre les cuisses en lents mouvements circulaires, déclenchant des ondes de plaisir.

Elle ne put retenir ses gémissements au moment où il enfonça ses doigts en elle.

— Bon sang, Miri ! Je ne peux plus attendre, souffla-t-il dans son dos.

Sous le rythme lancinant de ses caresses, elle ferma les yeux pour tenter de maîtriser sa respiration, d'absorber le flot de sensations chaotiques qu'il déchaînait dans son corps et son esprit.

Elle entendit le bruit de sa ceinture tombant à terre, le froissement de l'emballage du préservatif, puis elle sentit son sexe brûlant frôler le sien et la pénétrer lentement, délicatement, pour que leurs corps s'ajustent.

La sensation était incroyable. C'était une sensation tout à la fois exquise et douloureuse. Elle avait l'impression d'être distendue, remplie. Comme si Benjamin était une part d'elle-même. Comme s'ils étaient les deux moitiés d'un seul et même fruit – leurs corps s'épousant à la perfection.

Son ventre se mit à frémir.

— Doucement, Miri, gronda Benjamin, tendu par la retenue qu'il s'imposait.

Elle voulut lui obéir, prolonger la sensation le plus longtemps possible. Mais la houle de plaisir dans son ventre enflait, impossible à contenir. Une vague plus forte que les autres l'emporta, et son corps se convulsa autour du sexe de Benjamin.

Se contraignant à l'immobilité, les dents serrées, Benjamin attendit que ses spasmes s'apaisent avant de se mettre à bouger, lentement d'abord, puis de plus en plus vite, de plus en plus profondément, l'emportant plus haut, plus loin, jusqu'à ce que les ondes de jouissance qui faisaient de nouveau osciller ses hanches se répandent dans son propre corps.

Alors, l'enveloppant de ses bras, le torse contre son dos, il la serra étroitement contre lui et se laissa emporter à son tour par l'orgasme.

Ils demeurèrent ainsi, sans bouger, un long moment, fondus l'un dans l'autre.

Reprenant ses esprits et son souffle, Benjamin se retira doucement, allongea Miri sur le tapis et s'étendit près d'elle.

— Tu es une femme incroyable...

Elle se blottit contre lui.

— Et toi, tu es un dieu, marmonna-t-elle contre son torse, à peine consciente qu'elle était nue alors qu'il était encore habillé.

Benjamin sourit.

— Je te rappelle que les juifs sont monothéistes.

Miri eut un petit rire étouffé. Elle ne s'était jamais sentie aussi bien, aussi libre.

— Allez, il faut bouger, reprit-il en se redressant sur un coude.

— Pas question, protesta-t-elle en se nichant davantage contre lui. Je n'ai pas envie de regagner ma chambre.

— Vraiment ? En fait, je pensais plutôt à la mienne. Nous pourrions nous y rafraîchir et poursuivre l'exploration de nos sens...

Alors même que ses paroles la ravissaient, l'appréhension assombrit brusquement le visage de Miri.

— Mais seulement le temps que durera la tempête de neige, d'accord ?

Elle sentit l'étreinte du bras de Benjamin se resserrer sur sa taille.

— D'accord. Seulement le temps qu'elle durera.

Miri enfouit le visage au creux de son cou pour respirer le parfum de sa peau, s'envelopper dans la chaleur de son corps.

Ce soir, elle n'avait aucune envie que la tempête cesse.

9

Ce fut l'appel de sa secrétaire qui réveilla Benjamin.

Saisissant son téléphone, il découvrit avec stupeur qu'il était 8 heures. Il était rare qu'il dorme aussi tard. Cela dit, il était rare qu'il passe toute une nuit à faire l'amour.

— Oui ? lâcha-t-il à voix basse pour ne pas déranger la femme endormie près de lui.

Elle avait calé sa jambe droite par-dessus la sienne et posé une main sur son torse, au-dessus du cœur. Et, pour la première fois depuis très longtemps, il se rendit compte qu'il était heureux, sentiment rarissime chez lui. La satisfaction, il l'éprouvait souvent, mais le bonheur, c'était différent.

— Puisque la tempête ne semble pas vouloir faiblir, j'ai pensé que votre invitée apprécierait peut-être de changer de vêtements, annonça sa secrétaire. Sharice a installé une garde-robe ici, comme elle l'a fait dans votre résidence californienne.

Miri ouvrit un œil.

— Excellente idée. Merci. Nous prendrons le petit déjeuner dans le coin repas. Je me charge de réveiller Mlle Howard.

— Très bien, monsieur.

Benjamin raccrocha.

— Alors, comme ça, tu n'avais que des peignoirs à me proposer ? questionna Miri en relevant la tête pour le regarder bien en face, les yeux grands ouverts, les cheveux délicieusement ébouriffés.

Son petit air insolent était irrésistible, et Benjamin éclata de rire.

— Juré, je ne le savais pas. Je n'invite jamais personne ici. Tu es la première.

Miri rougit et sentit son cœur s'emballer.

— Dans ce cas, je serai la première à inaugurer cette garde-robe.

— Ça te dirait de faire du patin à glace, ce matin ?

Miri regarda Benjamin d'un œil tout à la fois intéressé et inquiet.

— Tu crois que c'est une bonne idée ?

— Sûr et certain. En dehors de ma secrétaire et du chef cuisinier, personne ne sait que tu es encore ici. Et, tant que le blizzard continue de souffler, aucun risque d'être pris en photo par un paparazzi en mission dans le coin. Tout ce qui se passe ici reste ici. Alors autant en profiter, non ?

Il y avait dans sa voix de l'impatience, de l'enthousiasme et le besoin désespéré de la convaincre d'accepter. Il en était conscient. Et c'était agaçant.

Miri avait l'art de le renvoyer à l'état d'adolescent.

Elle hésita, puis sourit.

— D'accord. À condition qu'il y ait encore des bougies pour Hanouka, ajouta-t-elle avec cette lueur espiègle dans le regard qu'il commençait à bien connaître. Et maintenant, où est passé ce peignoir ? Je ne peux pas prendre le petit déjeuner toute nue.

Il la fit rouler sur lui, son sexe tendu de désir contre son ventre.

— Le petit déjeuner peut attendre.

Avec un sourire mutin, elle lui décocha un regard délicieusement lubrique.

— Encore ? lança-t-elle, faisant mine de s'étonner.

Benjamin entreprit alors de lui répondre avec son corps plutôt qu'avec des mots.

Miri n'en croyait pas ses yeux. L'immense dressing contenait des vêtements d'intérieur et de plein air, des chaussures et même de la lingerie, dans tous les styles et toutes les tailles.

— Ils sont à la disposition des invités. Faites votre choix et n'hésitez pas à revenir aussi souvent que vous voulez, avait déclaré la secrétaire de Benjamin avant de la laisser seule dans la pièce.

Bouche bée, Miri contemplait les portants autour d'elle. Incrédule, elle tâta du bout des doigts la soie d'un chemisier dont la couleur bleue lui rappelait le regard de Benjamin.

Et dire qu'il ne connaissait même pas l'existence de cette garde-robe chez lui !

— N'oublie pas que nous avons prévu de faire du patin à glace.

Sa voix grave derrière elle la fit sursauter. Elle se retourna. Il était si beau ! Elle avait du mal à croire qu'elle avait fait l'amour avec cet homme. Plusieurs fois. Et qu'ils le referaient. Tant que le blizzard durerait et qu'ils resteraient isolés dans leur monde. Un monde de rêve avec une pièce pleine de vêtements luxueux.

— Que faut-il porter pour patiner ? demanda-t-elle en inclinant la tête sur le côté.

Benjamin sourit.

— Tu n'as jamais fait de patin à glace ?

— Non. Je suis une fille de L.A.

— Il y a des patinoires à L.A.

— Pas dans *mon* L.A.

Elle perçut la lueur amusée dans ses yeux bleus, mais ce fut d'un ton sérieux qu'il répondit à sa question initiale.

— Il fait froid sur la glace, mais pas autant qu'en extérieur. Il faut surtout couvrir les extrémités.

Miri choisit une paire de leggings en velours noir et un pull crème, étiqueté 100 % cachemire.

— Qu'est-ce que tu en penses ? questionna-t-elle en les lui montrant.

— Parfait, répondit Benjamin, les yeux rivés sur son visage et non sur les vêtements.

Miri déglutit et se força à prendre une bouffée d'oxygène.

— Bon... eh bien, je vais me changer.

À contrecœur, elle lui tourna le dos pour entrer dans une cabine au fond du dressing. Au passage, elle choisit également des sous-vêtements de rechange et félicita mentalement la personne qui avait constitué la garde-robe.

Après avoir encore fait l'amour avec Benjamin ce matin, d'abord au lit puis sous la douche, elle apprécia particulièrement la douceur de vêtements propres sur sa peau hypersensible, dans des textiles qu'elle ne pourrait jamais s'offrir, et eut l'impression de ronronner de plaisir.

— C'est une invitation ? lança Benjamin.

La réponse ne se fit pas attendre. Miri sortit de la cabine et se jeta à son cou pour un baiser ardent.

— C'était une invitation, conclut-il en s'écartant pour l'examiner d'un œil critique.

— Tu es ravissante. Les vêtements sont pas mal non plus.

— Pas mal ? Fantastiques, tu veux dire ! Tu vas devoir me sortir de force de cette pièce.

Il l'entraîna en riant hors du dressing et le long du couloir en direction de l'aile opposée du chalet, où se trouvait la patinoire.

Derrière les baies vitrées qu'ils longeaient, le blizzard continuait de souffler rageusement, à grands coups de boutoir, hurlant au sommet des arbres figés dans la glace. Le spectacle était magnifique et terrifiant à la fois.

Benjamin lui tenait la main, rassurant. Mais Miri n'avait peur que d'une seule chose à présent : que la tempête cesse.

Elle ne put retenir un petit cri émerveillé quand les portes s'ouvrirent sur une énorme bulle de verre au sol de glace synthétique. C'était tellement beau qu'elle en oublia un instant qu'elle n'avait jamais fait de patin à glace.

— Tu as déjà chaussé des patins à roulettes ou des rollers ? demanda Benjamin, la ramenant sur terre.

Elle hocha la tête.

— Les deux.

— Dans ce cas, tu sauras vite te débrouiller sur la glace.

Et, comme bien souvent, il avait raison. Au bout d'une vingtaine de minutes à peine, ils se poursuivaient sur la patinoire en riant comme deux gamins.

— Si je t'attrape, tu me dois un baiser, lança Benjamin, alors que Miri lui échappait une fois de plus.

Glissant hors de portée, elle lui adressa un sourire provocant.

— Je vais te dire un truc. Si tu m'attrapes, tu pourras obtenir de moi tout ce que tu veux. Mais tu n'as aucune chance.

La lueur triomphante dans son regard ne dura qu'une

seconde, car il fonçait déjà sur elle tel un missile et la capturait dans l'étau de ses bras pour l'entraîner dans un joyeux tourbillon, les yeux dans les yeux.

La pirouette ralentit.

Sous leurs patins, le sol était glacial, mais Miri était loin d'avoir froid. Pour autant, elle n'était pas prête à s'allonger sur la glace.

— Tu vas devoir m'emmener dans un endroit plus chaud pour recevoir ton prix, dit-elle, le souffle court.

— Non, murmura-t-il en lui relevant le menton pour l'embrasser de plus belle.

Mais cette fois, dans son baiser, il y avait quelque chose de différent. Cette fois, il embrassait Miri comme si c'était un trésor, une porcelaine délicate et précieuse.

Les bras noués autour de son cou, elle s'abandonna dans son étreinte. La réunion de travail imprévue s'était finalement transformée en un rêve éveillé. Un rêve qui allait bientôt prendre fin...

— Benjamin, merci de m'avoir fait découvrir le patin à glace, dit-elle d'une voix douce.

En seulement trois jours, grâce à lui, elle avait connu tant de premières : son premier vol en jet privé, son premier séjour à Aspen, sa première réunion de travail avec le big boss, sa première tempête de neige et sa « première fois » avec un homme. Et il en avait fait des moments merveilleux. Des moments inoubliables.

Là, dans l'étreinte de ses bras, elle se sentait choyée, protégée. Elle mourait d'envie de le lui dire, mais elle savait que les mots ne feraient que s'emmêler sur ses lèvres.

Il y avait des sentiments que les mots étaient impuissants à formuler.

Benjamin aurait voulu faire durer ces instants une éternité. Et, pour la première fois de sa vie, il en voulait à la fondation. Certes, sans elle, il n'aurait jamais connu Miri. Mais c'était aussi à cause de la fondation qu'elle lui était défendue.

Il la regarda enlever ses patins. Il y avait des images qu'il voulait graver dans sa mémoire, et celle-ci était l'une d'elles.

— Tu as fait de la compétition de patinage artistique ? s'enquit-elle, incrédule.

— Seulement jusqu'à mes quatorze ans. Ma mère avait grandi dans le nord des États-Unis. Là-bas, on patine tout l'hiver. Elle voulait que j'en fasse autant. Mais le mode de vie était différent à L.A. Alors, j'ai abandonné. Cela dit, j'adore toujours patiner, et cette patinoire privée est l'une des raisons qui m'ont fait craquer pour ce chalet.

— Il est vrai qu'en Californie le patin à glace n'est pas aussi prisé que le golf.

— Je ne suis pas mauvais non plus en golf, observa Benjamin avec un tel manque d'humilité que Miri éclata de rire.

— Ben voyons ! Je parie qu'il y a aussi un parcours de golf quelque part dans le chalet.

— Exact, mais ce n'est qu'un neuf trous.

— Seulement neuf, répéta-t-elle en secouant la tête, hilare.

C'était étrange, songea Benjamin. Ils ne se connaissaient que depuis trois jours, mais tout était si facile, si naturel avec Miri – lui parler ou pas, lui faire l'amour ou simplement profiter de sa présence. Le seul problème, c'est qu'il était incapable de se concentrer sur quoi que ce soit quand elle était là.

Mais le travail pouvait attendre. Il serait encore là après la tempête.

Pas Miri.

Alors, il allait continuer à vivre chaque instant avec elle, sans penser à demain.

10

— Nous allons cuisiner ? demanda Miri en regardant le tablier que Benjamin avait posé dans ses mains.

C'était le troisième soir de Hanouka, le deuxième depuis qu'ils avaient fait l'amour, et ils venaient d'allumer les bougies.

Comme le miracle de l'infime quantité d'huile brûlant pendant huit jours, leur amour brûlerait jusqu'à ce que la tempête de neige se calme, et Benjamin veillait à l'attiser – cette fois, ils n'avaient même pas attendu le moment des vœux pour se dévorer. Miri rougissait rien que d'y penser.

Mais, dans l'immédiat, il n'y avait pas d'activités érotiques au programme.

— Exact, répondit Benjamin en nouant son tablier. J'ai donné congé au chef et je suis remonté fouiller dans les cartons pendant que tu faisais ta sieste « post-patin-à-glace ». J'ai retrouvé de vieilles recettes familiales.

Il aurait plutôt dû parler de sieste « post-sexe ». Il l'avait emmenée directement de la patinoire à sa chambre, où il lui avait fait l'amour avec une sorte de tendresse passionnée, l'entraînant lentement, doucement, vers le sommet du plaisir qu'ils avaient franchi ensemble. Puis il avait délicatement posé des baisers sur ses lèvres et ses paupières avant de l'envelopper de ses bras, comme s'il tenait un trésor.

Elle s'était endormie, bercée par les battements de son cœur sous sa joue. Et, quand elle était allée le rejoindre là où elle s'attendait à le trouver – au salon avec une joyeuse flambée dans la cheminée –, il lui avait tendu un tablier de cuisine.

— Nous allons faire des galettes de pommes de terre, précisa-t-il en rassemblant les ingrédients. Pour accompagner une poitrine de bœuf.

— Une recette de ta maman ? s'enquit Miri en nouant elle aussi son tablier.

— De ma grand-mère, rectifia Benjamin.

— C'est la même chose.

— En effet. Je suis sûr que ma grand-mère l'avait elle-même apprise de sa propre grand-mère, originaire du Vieux Continent.

— De quel pays ? demanda Miri, curieuse de connaître son histoire familiale.

— Ukraine, répondit Benjamin en installant devant elle une planche à découper et des oignons. Je suis d'origine ashkénaze, tant du côté de mes parents biologiques que du côté de mes parents adoptifs, même si ma mère, la femme qui m'a élevé, était née en Chine.

— En Chine ?

— Oui. Ma famille adoptive avait fui l'Europe de l'Est avant le début de la Seconde Guerre mondiale. Ils ont d'abord vécu en Chine avant de s'installer à San Francisco. Ma mère est née dans le quartier juif du vieux Shanghai.

— Que sais-tu de ta famille biologique ?

— D'après les documents de l'agence d'adoption et des analyses génétiques, les familles de mes parents biologiques étaient originaires d'Europe. Elles ont payé un lourd tribut à l'holocauste et, après le décès accidentel de mes parents, je suis le dernier représentant de la lignée familiale.

— C'est bien que tu aies pu avoir accès à tes origines, observa Miri.

Benjamin hocha la tête.

— Je le dois à la fondation. Elle finance l'agence d'adoption des orphelins juifs et veille à ce que chacun connaisse ses origines. C'est la raison pour laquelle j'ai choisi de lui apporter mon soutien financier.

— Ton soutien financier seulement ? C'est toi qui la diriges.

Benjamin croisa son regard, avec une lueur dans le sien qu'elle commençait à connaître.

— J'aime avoir le contrôle de la situation.

Miri réprima un frisson. Elle savait ce que c'était que d'être sous son contrôle et elle adorait cela. Elle recentra son attention sur les oignons à hacher.

— Je comprends que la fondation soit si importante pour toi.

La fondation était importante pour tous les deux, songea-t-elle, la gorge soudain serrée. Tellement importante qu'ils ne pouvaient dépasser la frontière qu'ils s'étaient fixée. La fin de la tempête signerait aussi la fin de cet intermède merveilleux dans leurs vies. Mais, d'ici là, elle allait profiter de chaque instant. Pas question d'être triste à l'avance.

Non, si elle pleurait, c'était uniquement à cause de ces maudits oignons ! Souriant à travers ses larmes – à cause des oignons, bien sûr – Miri décida de changer de sujet.

— Heureusement que les galettes de pommes de terre sont un délice, parce que la recette est un vrai casse-tête.

Deux heures plus tard, ils s'installaient à table, mais cette fois le dîner avait été préparé à la sueur de leurs fronts.

— Tout cela a l'air délicieux et sent divinement bon ! lança Miri. Je suis impatiente de goûter à notre œuvre.

Benjamin éclata de rire.

— Il y a de quoi être affamé après le travail acharné que nous avons dû fournir pour aboutir à ce résultat.

Pour le deuxième soir d'affilée, ils dégustèrent un savoureux dîner accompagné d'un excellent vin et atterrirent sur le canapé.

— Je ne le dirai pas devant ton chef étoilé, pouffa Miri. Mais j'avoue que tes recettes familiales ont un petit quelque chose en plus.

Benjamin heurta le bord de son verre contre le sien.

— J'ai su que tu étais une femme intelligente à la seconde où j'ai entendu ta voix.

Miri le contempla. Son humour, sa beauté, son regard, sa voix – elle aimait tout de lui. À la lueur des flammes, son visage rayonnait, chaleureux, détendu comme elle n'aurait jamais pu l'imaginer la première fois qu'elle l'avait vu.

Il était si différent de l'homme qui l'avait accueillie sur son tarmac privé. Cet homme, c'était Benjamin Silver, patron milliardaire dans le high-tech, président de la fondation de la communauté juive de Los Angeles – maniaque du contrôle, froid et exigeant.

Ce soir, c'était simplement Benjamin, non moins impressionnant, mais drôle et chaleureux, et merveilleusement sexy. La lave et la glace réunies en un seul être.

Elle aurait été folle d'essayer de lui résister – pas parce que c'était impossible, mais parce qu'il aurait été idiot de résister à ce sentiment merveilleux et si précieux de se sentir proche de quelqu'un, même s'ils ne se connaissaient pas depuis longtemps.

C'était cet équilibre entre le chaud et le froid qui le rendait si fascinant et attirant. Mais une part de cet homme restait terrée au fond de la forêt qui l'encerclait.

S'arrachant à sa contemplation, Miri tourna le regard vers le feu dans la cheminée.

— Dommage que tu n'aies pas de famille avec qui partager ces recettes, dit-elle, s'efforçant d'adopter un ton léger.

Elle le sentit se raidir à côté d'elle. L'expression chaleureuse dans ses yeux bleus s'évanouit, cédant la place à une ombre.

— Si tu veux, je t'en ferai une copie, proposa-t-il sans la regarder.

— J'aimerais bien, mais les recettes familiales sont faites pour être transmises aux générations suivantes. C'est ce qui les rend uniques.

Le visage de Benjamin se ferma, son regard se durcit.

— Dans ce cas, elles n'ont rien d'unique puisqu'il n'y a plus de famille à qui les transmettre.

— Tu es là, observa Miri en se demandant si le fait d'avoir été adopté lui donnait l'impression d'usurper sa place.

Mais les paroles de Benjamin et son ton tranchant suggéraient une tout autre explication.

— C'est vrai, je suis là. Unique et dernier représentant d'une famille biologique et d'une famille adoptive. Mes parents comptaient certainement sur moi pour perpétuer leurs traditions avec mes propres enfants. Mais cela n'aura pas lieu. Ils sont morts, et avec eux tout le reste.

— Pas *tout* le reste, objecta doucement Miri. Pas toi. Ce soir, nous avons fait revivre certaines de leurs traditions.

C'est toi qui décides de celles qui doivent vivre ou disparaître. C'est toi qui décides de les transmettre ou pas.

— Eh bien, je ne les transmettrai pas.

— Pourquoi ? demanda prudemment Miri, telle une biche s'enfonçant dans une forêt obscure.

Tournant vers elle un regard blessé et furieux, Benjamin désigna l'espace autour d'eux.

— Quel genre de famille pourrais-je offrir à qui que ce soit ? dit-il d'une voix emplie d'amertume. L'argent ne suffit pas à arrêter le malheur. Quatre parents aimants ne m'ont pas empêché de finir seul. Il ne reste plus que moi. Qu'arriverait-il à mes propres enfants, si je devais disparaître de façon prématurée ?

— Ils continueraient à vivre comme toi tu l'as fait, répondit Miri avec l'impression d'avancer en terrain miné. Et tu ne serais peut-être pas seul à devoir assumer la responsabilité de tes enfants. Ta compagne… leur mère pourrait être encore là et…

— Ma compagne ? l'interrompit-il avec une pointe de brutalité. Quelle probabilité ai-je de dénicher une *vraie* compagne ? Je suis milliardaire, c'est ma fortune ou mon pouvoir qui intéressent la plupart des personnes que je côtoie. Elles ont toutes quelque chose à gagner d'une relation avec moi et n'en ont absolument rien à faire de mes traditions familiales. Tu me vois tendre une recette de ma grand-mère à un mannequin que j'aurais croisé lors d'une avant-première ? Et je ne peux réparer les dégâts causés par des siècles d'oppression et de traumatismes simplement en ayant des enfants. Ce serait ridicule de croire que je pourrais. Mes parents y croyaient. Pas moi. C'est une cause perdue d'avance. Cela dit, je connais mes atouts et je les exploite pour rendre ce monde meilleur.

C'est certainement plus efficace que de perpétuer des traditions familiales.

Miri ne savait que dire. Les paroles de Benjamin semblaient dictées davantage par la douleur que par la raison, mais elle percevait sa conviction – elle imaginait des nuits et des années de solitude pour en arriver à cette conclusion sans personne pour la contrer.

Une part d'elle-même songeait à argumenter, mais le reste, la part intuitive, savait que ce serait inutile. La perte de ses parents était une blessure trop douloureuse, trop profonde pour Benjamin. Et elle n'avait pas le droit de s'immiscer dans son existence. Ils étaient amants, mais le jeu ne durerait que le temps de la tempête.

Alors, qui était-elle pour lui dire qu'il ne voulait pas d'une famille simplement parce qu'il n'avait pas été capable de surmonter la perte de ceux qu'il aimait ? Qui était-elle pour oser dire à Benjamin Silver qu'il avait peur ?

Elle le dévisagea.

— Ce n'est pas ainsi que je vois les choses, murmura-t-elle. Je veux dire... les traditions comme moyen de rendre le monde meilleur, ni les enfants comme outil de lutte contre les traumatismes intergénérationnels. À mes yeux, les traditions sont là pour nous donner l'impression de faire partie de quelque chose de plus grand que soi. Elles créent un sentiment d'appartenance qui réunit les gens. Et l'idée de donner le jour à une nouvelle vie me rend heureuse. Mais, s'agissant de changer le monde, tu as raison, Benjamin. Grâce à tes logiciels, tu le transformes. Et, d'une certaine façon, tu laisseras une empreinte éternelle de ton passage sur Terre. Pourtant... on dirait parfois que tu as peur de vivre. Peur de vivre *vraiment*.

Elle l'avait dit.

Miri soutint le feu bleuté de son regard. Le visage

de Benjamin était toujours aussi dur, mais elle avait l'impression qu'à l'intérieur il était sur le point de se briser. Au bout de ce qui lui sembla une éternité, il ferma les paupières et laissa échapper un long soupir. Puis il rouvrit les yeux, et Miri put y lire un terrible mélange de chagrin et de souffrance.

— Oui, j'ai peur, dit-il d'une voix soudain éteinte. J'ai peur de perdre à nouveau tout ce à quoi je tiens et de ne pas y survivre cette fois.

Ses paroles traversèrent l'espace entre eux et s'infiltrèrent en elle. C'était vrai aussi pour elle. Ne tenait-elle pas les hommes à distance depuis qu'elle avait été blessée par la trahison de son fiancé ? Le mot *peur* ne résonnait-il pas sans cesse dans sa vie ? Peur de ne pas y arriver, peur de ne pas avoir assez d'argent, peur de ne pas plaire, peur d'avoir mal. À force de dire « j'ai peur », elle s'était privée d'une multitude de plaisirs et de rencontres.

Benjamin lui en avait fait prendre conscience, alors que lui-même luttait contre sa propre peur. Et elle n'avait aucun moyen de le rassurer. Comment lui faire comprendre l'absurdité de vouloir se protéger de tout, à tout prix ?

Ses mots seraient impuissants à le convaincre qu'il avait tort d'envisager systématiquement le pire et qu'il existait dans ce monde des femmes attachées aux traditions et à leur transmission. Même si cela lui laissait un goût amer dans la bouche, elle aurait aimé plaisanter en lui assurant qu'un top model rencontré lors d'une avant-première pourrait très bien être l'une de ces femmes.

Elle aurait tant voulu être celle qui le lui prouve.

Mais ce n'était pas son rôle, parce qu'elle disposait déjà d'une place attitrée dans la vie de Benjamin Silver. Elle était une employée de la fondation qu'il présidait. Toute relation durable entre eux, autre que professionnelle, leur était donc interdite.

Aujourd'hui, pourtant, elle aurait voulu avoir une place différente dans la vie de Benjamin. Une place plus importante et permanente. Mais c'était impossible. Ces derniers jours avec lui, elle s'était retrouvée confrontée à ses craintes et à ses doutes. Il avait fallu une tempête de neige, des circonstances extraordinaires et quelques bouteilles de vin haut de gamme pour qu'elle parvienne à les surmonter.

Elle ne pouvait donner ces choses-là à Benjamin – il les avait déjà. Elle ne pouvait lui donner qu'une seule chose – elle-même.

Doucement, elle posa les mains sur ses épaules et le poussa en arrière, le forçant à s'étendre sur le canapé. Les yeux rivés sur elle, il se laissa faire. Miri se pencha sur lui et posa un baiser sur ses lèvres.

Il ferma les yeux.

Elle l'embrassa délicatement, des baisers doux et légers comme une plume, des baisers tendres sur sa bouche, ses joues, ses tempes, le long de son cou. Elle pressa les lèvres plus bas sur son pull, voyageant vers le sud.

Il retint son souffle quand elle atteignit sa ceinture. Soulevant le bas de son pull, elle découvrit son ventre et l'embrassa là aussi, déclenchant une décharge électrique entre eux.

S'enivrant de sa chaleur, de son parfum, elle déboucla sa ceinture et le dénuda un peu plus encore dans la lueur des flammes. Puis elle le prit dans sa bouche et lui montra qu'elle était là pour lui au cœur de la tempête, l'emportant dans un tourbillon de sensations pures.

11

Le blizzard soufflait maintenant depuis six jours.

— As-tu déjà vu une tempête de neige durer aussi longtemps ? demanda Miri alors qu'ils contemplaient les flocons balayés par les violentes rafales de vent.

— Non, répondit distraitement Benjamin avant de se tourner vers elle avec ce sourire qu'elle trouvait irrésistible. Tu as hâte qu'elle se termine ?

Le sourire et la question atteignirent leur cible. Miri secoua la tête. C'était irréaliste mais, jour après jour, elle avait de moins en moins envie que la tempête cesse.

Depuis le moment où elle avait pris l'initiative sur le canapé, quelque chose avait changé chez Benjamin. Et, face à ce changement, il était de plus en plus difficile pour Miri de relativiser ce qui se passait entre eux.

Depuis ce soir-là, Benjamin avait partagé avec elle ses traditions familiales, ils avaient cuisiné, patiné et regardé des comédies de Hanouka. Ils avaient fait l'amour un peu partout : dans le spa, sous la douche, dans la bibliothèque et même dans le hall d'entrée.

Chaque jour passé près de lui était plus merveilleux que le précédent. Mais la fin de la tempête se rapprochait inexorablement. Par instants, Miri souhaitait *vraiment* qu'elle cesse car, plus cette situation s'éternisait, plus douloureuse serait la fin de leur histoire. C'était inévitable.

Il n'y avait pas d'autre issue. Son job était la clé de son indépendance et de sa sécurité matérielle. C'était ce pourquoi elle avait travaillé si dur pendant toutes ces années. Elle n'y renoncerait pas pour Benjamin.

Impossible.

Bien sûr, cela aurait été différent s'il y avait eu entre eux quelque chose de tangible, de durable – un engagement, la perspective de fonder une famille. Mais ce n'était pas le cas. Benjamin avait été on ne peut plus clair sur le sujet.

Ils s'étaient mis d'accord sur une liaison temporaire et secrète. Dès que la météo s'améliorerait, elle retournerait au monde réel. Un monde où elle n'était qu'une femme comme une autre, travaillant dur pour survivre.

Benjamin avait fait d'elle une déesse, mais le conte de fées ne durerait pas. *Son* Benjamin n'était pas le Benjamin Silver du monde réel.

Elle allait devoir trouver un moyen de poursuivre son existence comme si tout allait bien, comme si tout était normal. Même si plus rien ne serait jamais normal après Benjamin.

Il avait infiltré sa conscience, il avait pris possession de son esprit et de son cœur.

Elle ne l'oublierait pas.

12

Étendu dans la pénombre, Benjamin écoutait la respiration calme et régulière de Miri témoignant de son total abandon. Dehors, le blizzard continuait de souffler. Il l'entendait enfler par moments, il entendait les craquements des branches alourdies par la neige.

Mais à présent peu lui importait que la tempête cesse ou pas. Il ne renoncerait pas à Miri. La laisser partir était impensable, et ce n'était pas nécessaire. Ils étaient adultes, la fondation n'avait pas à gouverner leurs vies personnelles.

Il était rare de rencontrer quelqu'un avec qui on pouvait travailler, rire et partager ses peurs les plus profondes. Miri était cette personne. Il avait pris le risque de se dévoiler, de s'exposer à sa dérision et à sa pitié, mais au lieu de ça elle avait chassé les ombres dans son cœur.

Ce qu'il avait découvert avec Miri – la sincérité, la passion et une sensation fabuleuse de paix, de stabilité – c'était bien plus précieux que tout le reste. Bien plus important même que la fondation. Il aurait été fou de prétendre le contraire. Or, il n'était pas fou.

Miri remua contre lui.

— Silence, marmonna-t-elle d'une voix endormie. Tu penses tellement fort que ça me réveille.

— Je ne veux pas que ce soit terminé entre nous après la tempête.

Tel un ressort, Miri se redressa en position assise.

— De quoi parles-tu ?

Ce n'était qu'une question rhétorique. Il l'avait souvent surprise à regarder la neige tomber dehors, visiblement inquiète parce qu'elle craignait d'apercevoir les signes d'une accalmie de la météo qui sonnerait le glas de leur histoire, tout comme lui.

Il n'était pas possible qu'il soit le seul à éprouver cette émotion vibrer au creux de lui.

— Je ne vois pas pourquoi nous devrions cesser de nous voir une fois que la tempête sera passée.

Miri secoua la tête.

— Impossible. La fondation… mon travail. Je pourrais me faire virer.

— Personne n'a besoin de le savoir.

Miri le dévisagea.

— Comme la liaison secrète entre le directeur financier et l'ex-responsable événementiel, hein ? Non. Quelqu'un finira forcément par le découvrir. Je ne peux me permettre de perdre mon poste, Benjamin. Je n'ai pas plus envie que toi que ça se termine entre nous, mais tu ne peux pas me demander de courir le risque de me faire virer.

Il perçut la réprobation dans sa voix.

— Ce que je te demande n'a rien d'illégal, Miri. Nous sommes adultes, nous nous apprécions et, si tu perds ton travail, j'ai suffisamment d'argent pour compenser ta perte de salaire jusqu'à ce que tu décroches un nouveau poste. Tu es une femme brillante. Il n'y a pas que la fondation sur cette Terre.

— Tu proposes de m'entretenir si je perds mon job ?

Miri haussa soudain la voix.

— Qu'est-ce qui te permet de croire que je pourrais accepter ? Pourquoi devrais-je te faire confiance ? Tu n'es pas mon père. Tu n'es pas mon époux. À vrai dire, je te connais à peine. Et je te le répète, j'ai besoin de ce travail. Il est essentiel pour moi, et pas seulement sur le plan financier. Ce boulot, je le *veux*.

— Et moi, je te *veux*, répliqua Benjamin, la laissant bouche bée. Ce serait stupide d'ignorer ce désir qui circule entre nous à cause de la fondation.

— Mais que fais-tu de notre accord ? Ton désir est-il plus important que tout le reste ? Te soucies-tu vraiment de moi ?

Comment pouvait-elle poser une telle question ? s'insurgea Benjamin. N'avait-il pas tout fait ces jours-ci pour qu'elle se sente bien et qu'elle soit heureuse ?

— Je te désire *parce que* je t'admire et que je te respecte, Miri. Plus qu'aucune autre femme avant toi.

— Peut-être aussi parce que je te suis interdite et que tu ne le supportes pas. Nous avions un accord, Benjamin. Seulement jusqu'à la fin de la tempête. Ce que tu viens de me dire, tu ne l'aurais jamais dit s'il n'y avait pas eu cette échéance.

Il perçut comme une note de désespoir dans sa voix. Voulait-elle qu'il la croie ou essayait-elle de se convaincre elle-même ? Son désir pour lui était aussi intense que le sien, il en était certain. Il le lisait dans ses yeux à chaque fois qu'il la regardait. Il le sentait quand leurs corps fusionnaient. Mais comme lui, elle avait peur.

— Tu ne veux pas te l'avouer, Miri, mais la vérité c'est que tu as la frousse.

— Non, je suis pragmatique. Peu importe que nous nous entendions bien au lit, je suis une femme de couleur, issue d'un milieu modeste, qui vient de décrocher le job de ses rêves. C'est franchement misogyne de ta part de me demander de risquer de perdre ce pour quoi je me suis battue simplement parce que tu as envie de continuer à coucher avec moi.

— Misogyne ? Allons, Miri, ne sois pas ridicule. Tu sais très bien que ce n'est pas ce que je suis quand je te caresse. Et tu sais très bien que ce n'est pas la raison de ton refus. Tu as simplement peur d'avoir mal. Tu as déjà été blessée et, tout comme moi, c'est cette peur qui t'empêche d'admettre ce lien entre nous. Tu as peur de mettre ton cœur en jeu.

Dans la pénombre, il l'entendit étouffer un hoquet. Et, même s'il les regrettait déjà, il sut que ses mots avaient visé juste.

Quand elle parla, ce fut d'une voix enrouée.

— Non, Benjamin. Je n'ai pas peur d'ouvrir mon cœur. Mais, quand tu me caresses, il n'y a rien de romantique, rien de durable, c'est juste sexuel. Tu ne m'aimes pas. Tu veux simplement pouvoir continuer à coucher avec moi, jusqu'à ce que tu te lasses, comme tu as fini par te lasser de toutes les autres femmes avant moi. Tu le dis toi-même, tu ne veux pas d'enfants, pas de famille. Tu me désires uniquement parce que je suis là. Inutile de prétendre le contraire. Tu veux que je reste ton amante secrète, ta maîtresse. Eh bien, tu sais quoi ? Je ne suis pas intéressée ! conclut-elle en sautant hors du lit.

Surpris, Benjamin voulut lui saisir le poignet, mais il ne fut pas assez rapide.

— Miri, où vas-tu ?

— Dans ma chambre.

Benjamin se leva à son tour.

— Je te raccompagne.

— Inutile, je connais le chemin.

— Miri..., commença-t-il, mais il ne savait pas quoi dire, ni comment réagir.

— Quoi, Benjamin ? J'ai tort ? Je me trompe ? Tu me demandes d'être la femme avec qui tu souhaiterais fonder une famille et transmettre tes traditions ? Me désires-tu au point de vouloir t'engager davantage que le simple fait de coucher avec moi ? Es-tu prêt à prendre le risque de m'aimer *vraiment* ?

Benjamin tressaillit. La sérénité, la chaleur et la certitude ressenties quelques instants plus tôt l'avaient déserté.

Écartelé, déchiré, submergé par un sentiment de perte – aussi atroce que lorsqu'il avait appris la disparition de ses parents –, il tendit le bras vers la voix de Miri dans la pénombre, mais ne put faire davantage.

Il désirait cette femme plus que tout au monde, mais il ne pouvait prendre le risque d'aimer, d'avoir des enfants et de tout perdre à nouveau. Il n'y survivrait pas.

Alors, à sa question, il répondit par le silence.

Miri hocha la tête.

— Que la tempête se soit calmée ou non, je pense qu'il est préférable qu'on ne se voie plus. Ce n'est pas...

Sa voix se brisa, et Benjamin sentit son cœur se contracter de chagrin.

— Ce n'est bien ni pour toi ni pour moi, acheva-t-elle dans un souffle. J'aimerais partir le plus tôt possible.

Pétrifié, il la regarda s'éloigner vers la porte et sortir sans un mot.

Et, parce que sa vie était ainsi faite, le huitième jour de Hanouka, le soleil s'éleva au-dessus des montagnes dans un ciel sans nuages.

13

Debout à la fenêtre de sa chambre, Miri enfonça le bouton de l'Interphone dès qu'elle aperçut un morceau de ciel bleu. Benjamin n'était pas le seul à pouvoir appeler sa secrétaire-garde-du-corps, et Miri accueillit avec soulagement la voix de celle-ci.

— Que puis-je pour vous, mademoiselle Howard ?

Miri frotta ses paumes contre sa jupe. Elle avait enfilé la tenue qu'elle portait à son arrivée.

— Le ciel s'est éclairci, et je me demandais s'il me serait possible de rentrer à Los Angeles aujourd'hui.

— Je vais voir avec le pilote.

Miri attendit en regardant le soleil se lever. Elle n'était pas retournée se coucher après avoir quitté la chambre de Benjamin. Elle n'aurait pas pu dormir tant les pensées et les questions rebondissaient dans son esprit comme des balles de ping-pong.

Peut-être aurait-elle dû se sentir flattée qu'il veuille faire d'elle sa maîtresse. Benjamin était un milliardaire très convoité. Et elle, qui était-elle pour faire la fine bouche ?

La réponse était simple : une femme possédant suffisamment de dignité et de bon sens pour ne pas se comporter comme une écervelée, prête à renoncer à sa carrière et à son indépendance simplement pour les beaux yeux d'un gars doué au lit.

Peut-être n'était-il pas si doué que ça, après tout. Elle n'avait aucun point de comparaison – il était le premier homme avec qui, contrairement aux autres, elle s'était sentie suffisamment en confiance pour baisser la garde.

Son cœur se serra de chagrin et de colère.

De quel droit Benjamin osait-il lui demander de mettre son destin entre ses mains pour la simple raison qu'il la *désirait* ? Pourquoi devrait-elle systématiquement se plier à la volonté des uns et des autres ? Que ce soient son ex-fiancé, qui voulait faire d'elle une mère pour ses enfants, ou les membres de sa famille, qui attendaient qu'elle suive leurs principes religieux, ou encore Benjamin, qui espérait faire d'elle sa maîtresse, c'était toujours la même chose. En réalité, jamais personne ne se souciait de ce qu'*elle* voulait.

Mais c'était terminé. Désormais, elle ne permettrait à personne de s'approprier son existence. C'était elle qui décidait. Et, si elle souhaitait avoir une famille, elle l'aurait. Même si c'était sans Benjamin.

Le nœud dans sa poitrine se resserra d'un cran, menaçant de bloquer les battements de son cœur. Elle retint son souffle en entendant de nouveau la voix de la secrétaire dans l'Interphone.

— Le pilote dit que la piste n'est pas assez dégagée pour faire décoller le jet de M. Silver, mais il peut vous emmener en hélicoptère jusqu'à l'aéroport d'Aspen.

En hélicoptère. Elle n'avait pas le choix. Il était plus dangereux pour elle de rester ici avec Benjamin. Il lui fallait réintégrer au plus vite le monde réel avant de perdre pied.

— C'est d'accord. Merci, dit-elle, un sanglot dans la voix.

— Bien, mademoiselle. Le temps de mettre l'appareil en route, décollage prévu dans trente minutes.

Trente minutes.

Trop court pour avoir le temps de dire adieu.

La secrétaire conduisit Miri à motoneige jusqu'à la plate-forme de décollage.

Benjamin savait-il qu'elle partait ? Il avait probablement été averti. Mais il n'était pas venu pour tenter de la retenir.

Dehors, le ciel redevenu pur jetait sa lumière sur un spectacle extraordinaire. La forêt avait disparu sous des montagnes de neige étincelante d'où seules émergeaient les cimes gelées des arbres les plus hauts. Même le chalet disparaissait derrière d'énormes congères. La température extérieure était si glaciale qu'il était presque difficile de respirer, mais le froid mortel n'enlevait rien à la beauté du paysage.

Miri regardait autour d'elle, fascinée.

Le blizzard avait façonné un nouveau monde à explorer. C'était une invitation à faire des bonshommes de neige, une randonnée à raquettes, des batailles de boules de neige, toutes ces choses qu'elle n'avait jamais faites et qu'elle aurait tant aimé découvrir avec Benjamin.

Malgré la parka empruntée à la garde-robe du chalet, Miri frissonnait quand la motoneige s'arrêta à proximité de l'hélicoptère.

— Gardez-la, il ne fera pas plus chaud dans les airs, dit la secrétaire quand elle voulut la lui rendre.

Miri hésita. Elle ne voulait rien garder de Benjamin, mais elle ne tenait pas non plus à mourir gelée. De toute façon, il ne savait même pas que ce vêtement existait. Il ne remarquerait pas sa disparition.

Les larmes affluèrent à ses yeux et se figèrent en perles de glace sur ses cils tandis qu'elle jetait un dernier regard derrière elle avant de monter dans l'hélicoptère. Et, quand l'appareil s'éleva dans les airs, Miri eut l'impression que chaque tour de rotor creusait un vide dans sa poitrine. La sensation de perte se répandait en elle comme un poison. Jamais encore elle n'avait pris aussi clairement la mesure du prix de l'indépendance. Jamais encore elle ne s'était sentie aussi seule.

Benjamin…

Elle ne voulait plus penser à lui, mais c'était impossible.

En cet instant même, elle le cherchait derrière les hautes baies vitrées.

La regardait-il partir ? Était-il furieux ? Ou bien s'était-il simplement remis au travail ? Pourquoi n'était-il pas revenu vers elle ? Pourquoi n'avait-il pas voulu lui dire au revoir ? Pourquoi n'avait-il rien fait pour l'empêcher de partir ?

Il a essayé, lui rappela sa petite voix intérieure. *En te proposant de devenir sa maîtresse.*

Soudain, les battements de son cœur se précipitèrent. En bas, devant le chalet, il y avait une silhouette… Une silhouette qui courait vers l'hélistation en agitant les bras.

Médusée, Miri plissa les yeux.

Benjamin ?

— Redescendez ! hurla-t-elle dans le casque en tendant le doigt vers le sol.

— Quoi ? cria le pilote en tournant la tête pour regarder dans la direction indiquée.

Puis il acquiesça d'un geste, et l'estomac de Miri fit un

looping quand l'appareil bascula brusquement à angle droit pour fondre vers le sol.

Incrédule, Benjamin regarda l'hélicoptère faire demi-tour. Dans ses veines, son sang était glacé. Il connaissait cette sensation. C'était exactement ce qu'il avait ressenti juste avant de s'évanouir dans le Pacifique et de se réveiller seul sur un lit d'hôpital – tremblant, effrayé et cruellement vivant.

Il ne pouvait pas croire que l'hélicoptère redescende. C'était trop beau pour être vrai. Les gens ne revenaient pas une fois que vous les aviez perdus.

Il n'avait pas non plus pensé que Miri le quitterait ainsi, ni à quel point ce serait douloureux de la regarder partir. Tellement douloureux qu'il en avait eu le souffle coupé et qu'il s'était précipité dehors, luttant contre la sensation atroce de se noyer.

Il avait tellement peur d'être brisé à jamais si le destin lui enlevait de nouveau l'être aimé qu'il avait étouffé son amour pour Miri.

À la mort de ses parents, il était jeune et il avait porté cette douleur dans son âme comme un avertissement qui l'empêchait de passer outre. Jusqu'à ce que Miri change tout. Devant lui s'esquissait une autre possibilité qui n'avait rien à voir avec le passé. Une chance de sourire de nouveau, de vivre et d'aimer. C'était à lui de la saisir. Cette fois, c'était lui qui tenait sa vie entre ses mains. Pas les caprices du destin.

La Miri qui débarqua de l'hélicoptère n'était plus l'inconnue qu'il avait fait venir ici pour une réunion de travail, vêtue d'un cardigan ridiculement léger.

La femme qu'il avait maintenant sous les yeux était celle qu'il aimait. En seulement huit jours, elle avait ouvert une brèche dans le rempart qu'il avait érigé et défendu pied à pied pendant tant d'années au prix d'une monstrueuse solitude. Elle avait su naviguer sur le terrain miné de ses peurs pour devenir une part vitale de lui-même.

— Miri, dit-il dans un souffle s'échappant de sa bouche dans l'air glacial.

— Tu es fou, Benjamin ! Nous sommes en plein hiver dans le Colorado, et tu sors en T-shirt.

En effet, il n'avait pas pris le temps de finir de s'habiller quand il avait entendu l'hélicoptère décoller.

— Je ne veux pas que tu partes, Miri.

— Je sais. Tu me l'as déjà dit. Tu me demandes de devenir ta maîtresse au risque de perdre mon boulot. Eh bien, on n'obtient pas toujours ce qu'on veut dans la vie. C'est valable même pour les gars comme toi, qui ont l'habitude qu'on ne leur refuse jamais rien, Benjamin.

Il ne broncha pas. Il était trop content qu'elle soit encore là. Alors, il se contenta de secouer la tête en souriant comme un idiot planté dans la neige.

— J'ai changé d'avis, Miri. Je veux t'épouser. Tu avais raison tout à l'heure. Je n'ai pas le droit de te demander de me faire confiance. Je ne suis pas ton époux. Mais j'aimerais bien le devenir.

Miri se figea comme une biche à la vue d'un prédateur.

— Quoi ?

— Je veux que tu sois mon épouse, Miri. Je veux que tu sois la mère de mes enfants. Je veux fonder une famille avec toi et perpétuer les traditions. Les recettes de ma grand-mère, je ne veux les confier à personne d'autre qu'à toi. Parce que tu es une femme merveilleuse et unique. Je ne veux pas te perdre.

— Mais, murmura Miri en ouvrant de grands yeux. La fondation… mon travail…

— Tu garderas ton poste. C'est moi qui vais démissionner de la présidence du conseil d'administration. Et la fondation n'osera pas te reprocher quoi que ce soit quand ils connaîtront le montant de ma donation, ni après la fantastique soirée de gala que tu vas organiser. Tu n'as pas besoin de renoncer à ta carrière, Miri, ni de devenir ma maîtresse. Soit dit en passant, c'est toi qui as utilisé ce qualificatif, pas moi. Mais peu importe, tout ce que je veux, c'est ne pas te perdre. Je t'aime, Miri. Veux-tu bien m'épouser ?

Il fallut encore quelques secondes à Miri pour assimiler ce qu'il venait de lui dire. Malgré la parka, elle tremblait. Il le voyait. Et son regard pailleté d'or étincelait de larmes contenues. Puis, emportée par un élan de joie pure, elle courut se jeter dans ses bras.

— Oui ! Mille fois oui, Benjamin !

Il la serra contre lui et captura ses lèvres pour un baiser passionné, fougueux. Jusqu'à ce que Miri le repousse, effarée.

— En T-shirt et pieds nus dans la neige par-dessus le marché ! Tu pouvais critiquer mon cardigan, ironisa-t-elle en dézippant sa parka pour en passer un pan autour de Benjamin.

— Je m'habille pour la circonstance, répliqua-t-il, faisant écho aux paroles de Miri à son arrivée. Dans le cas présent, il fallait que je me dépêche, car ma vie en dépendait. Elle en dépendait vraiment !

Épilogue

— Je savais que j'aurais dû en commander une boîte de plus, dit Miri, songeuse, en tapotant son ventre rebondi d'une main, tandis qu'elle piochait le dernier beignet de l'autre.

En homme avisé qu'il était, son époux s'abstint de tout commentaire.

— J'ai pensé que, dans mon état, deux boîtes ce serait trop risqué.

Enceinte de huit mois, elle ne pouvait tout de même pas dévorer une autre boîte de beignets pratiquement à elle toute seule.

Après avoir passé le premier soir de Hanouka à Los Angeles avec ses amies, elle était de retour à Aspen avec Benjamin pour les vacances. En chemin pour l'aéroport, ils avaient fait un arrêt à la pâtisserie.

Les médecins déconseillaient généralement aux femmes à plus de six mois de grossesse de voyager en avion, mais Benjamin avait calmé leurs inquiétudes en précisant qu'un homme de l'art serait du voyage et séjournerait au chalet. Il ne voulait prendre aucun risque, au cas où ils se retrouveraient bloqués par la neige.

Miri lui faisait confiance pour tout anticiper. Quoi qu'il arrive, il serait prêt.

Benjamin allait être un père formidable. Elle n'avait aucun doute à ce sujet. Il était prévenant et responsable, solide et déterminé, attentionné et aimant. Il était tout ce dont une femme pouvait rêver pour son enfant, et plus encore.

S'agissant de la réaction de la fondation, là aussi il avait tout prévu. Le montant de sa donation avait laissé les membres du conseil d'administration bouche bée, et les invités au gala avaient eu des étoiles plein les yeux.

Miri avait non seulement assuré son poste au sein de la fondation, mais aussi gagné la réputation d'être l'un de ses membres les plus brillants – par son talent *et* sa beauté. Jamais soirée de gala n'avait permis de lever autant de fonds et suscité un tel engouement médiatique. Et sur les photos Miri était éblouissante dans une robe vert émeraude à manches longues, pailletée d'or, étincelante à côté de l'homme tout de noir vêtu qui ne l'avait pas quittée une seconde de toute la soirée.

Elle avait également bénéficié d'une petite augmentation de salaire – même si l'aspect financier n'était plus un souci puisqu'elle était l'épouse de l'un des hommes les plus riches de la planète.

Ils s'étaient mariés un mois après le gala, et Miri avait découvert qu'elle était enceinte quelques semaines plus tard. Depuis, son mari avait installé une partie des bureaux de son entreprise dans un bâtiment adjacent à celui de la fondation, pour pouvoir travailler à proximité de son épouse.

Le poste de Miri exigeait en effet qu'ils vivent à Los Angeles une grande partie de l'année, mais pour Hanouka ils avaient décidé que ce ne pouvait être ailleurs que dans le Colorado, là où un miracle les avait unis pour la vie.

Miri aurait aimé que leur bébé soit né pour qu'il puisse

fêter ce miracle avec eux. Mais, à la façon dont il s'agitait dans son ventre en réaction à la dégustation des *soufganiyot*, il était difficile de dire qu'il ne participait pas déjà.

Oui, elle aurait dû prévoir plus de beignets, se dit-elle avec un soupir résigné. Dans son dos, Benjamin l'enveloppa de ses bras, et du coin de l'œil elle aperçut une boîte bleue, tandis qu'il murmurait à son oreille :

— Je le savais.

Il posa une seconde boîte de *soufganiyot* sur le comptoir.

Pivotant entre ses bras, Miri sourit et se perdit dans son regard bleu empli de tendresse et d'amour, avant qu'il s'empare de ses lèvres.

Et, comme à chaque fois qu'ils s'embrassaient, le monde autour d'elle s'évanouit dans un nuage d'étoiles. Benjamin l'emmenait dans un univers de douceur et de sécurité, un univers à part, juste pour eux deux – bientôt trois –, un univers où la famille, l'amour et la vie ne faisaient qu'un... dans les bras de l'homme qu'elle aimait.